Black Opal
オパール文庫

# 淫獣の花嫁

御厨 翠



プランタン出版

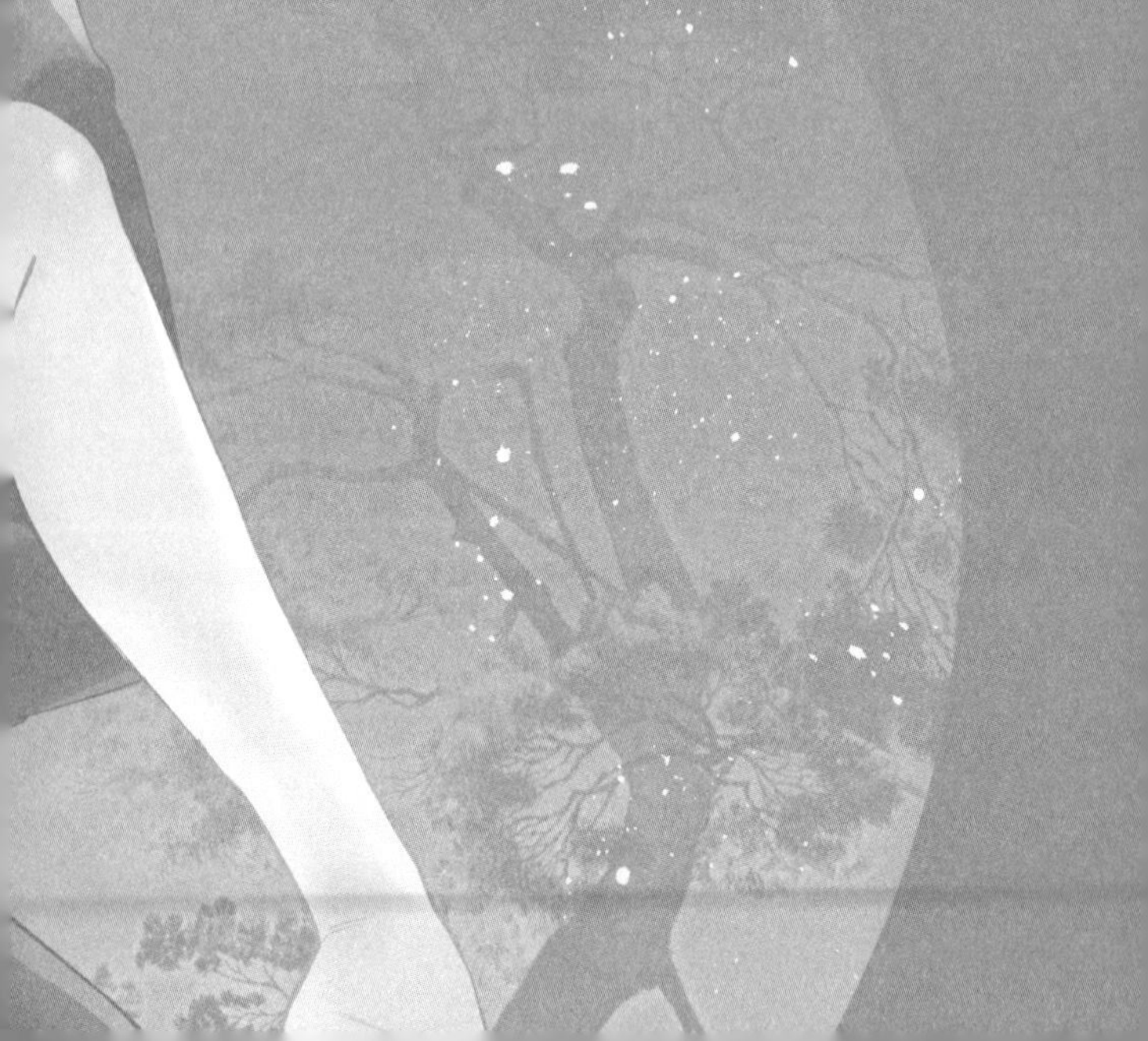

※本作品の内容はすべてフィクションです。

# プロローグ

今は昔。名もなき村に、この世の者とは思えない美しい女人が天から舞い降りた。

天人だった女人は、村にある湖の千葉《せんよう》の蓮に目を奪われ、空を飛べる羽衣を身に纏いその地に降り立った。

しかし、それが間違いだった。村を統べる男に羽衣を隠され、犯されたのだ。

女人は天に還ることが叶わず、自分を地上に縛り付ける男を心底恨み、憎しみ、呪った。

天人だった女人が初めて抱いた負の感情は、自らの身体を弱らせてしまうことになる。

とうとういまわの際になると、最後の力を振り絞り、「私を犯し、羽衣を奪ったお前だけは赦《ゆる》せぬ。私と同じ苦しみを味わえ」と、男に呪詛を吐いて息絶えた。

遺された男は、女人の死後しばらくすると身体が少しずつ腐っていった。そして最後には人の形を保てずに、異形の姿となってしまう。

村人たちはそれが自分たちの長だと気づかずに、異形の者を捕らえて火で炙る。しかし、女人の遺した子どもらは天人の遺した子として崇められ、不思議な力を以てその村に繁栄をもたらす存在となった。

それは、今は昔の物語。鬼王《きおう》家始祖の伝承である――。

＊

「千緒里《ちおり》様、お迎えに上がりました」

――とうとう、このときが来たのね。

千緒里は使者の老人を前に、諦念とも取れる感情を抱いていた。

鬼王家当主に嫁ぐことは、産まれたときから決まっていたことだ。そこには当人の意思どころか、両家の両親の意思すらも存在しない。すべては、千緒里が左胸に『天女花《オオヤマレンゲ》の痣《あざ》』を持って産まれたことが理由である。

当主に嫁ぐのは、この痣を持った女性のみ。何百年と連綿と続く鬼王家の因習により、産まれたときから当主となる男の婚約者となった。

そして今日、二十歳を迎えたと同時に、『当主の婚約者』から、『当主の花嫁』に立場は変わる。現当主――鬼王貴仁《たかひと》と婚姻を結ぶのだ。

「千緒里様が、お美しく健やかに成長されて、当主……貴仁様も喜んでいらっしゃいます」

使者は、桧山《ひやま》という古希を過ぎた男だった。にこにこと好々爺《こうこうや》然とした笑みを浮かべて当主の気持ちを代弁しているが、千緒里にはとても信じることはできなかった。なぜなら、鬼王家当主の貴仁とは一度も顔を合わせたことがなかったからだ。

ふたりが会うことは固く禁じられていた。それも、鬼王家に続く因習のひとつである。

会えない代わりに、鬼王家からは、入学や卒業といった節目に写真が送られてきた。一番古いものは、貴仁が中学に入学したときの写真だ。

不機嫌にカメラを睨《にら》みつけている彼の相貌は、ひどく整っていた。常人とは明らかに一線を画す完璧な造作。それゆえに、どこか作り物めいた印象を与える。瞳に刻まれた苛立ちだけが、貴仁を人間たらしめていた。

しかしだんだんと年を重ねていくにつれ、写真の貴仁からは表情が失われていった。大人になったのか、それとも感情を表すことすら億劫《おっくう》になったのか、彼の事情を窺い知ることは叶わない。ただ、無表情でカメラに映る婚約者の姿を見て、千緒里は少しだけ寂しく思った。

――貴仁様が、わたしのことをどう思っているのか気になるけれど、考えてもしかたない。鬼王家に嫁ぐのは、産まれたときから決まっていた運命だから。

千緒里の人生において、〝否〟を唱えることは許されなかった。鬼王家当主の婚約者となった瞬間から、周囲は腫れ物を扱うかのごとく接してきた。異性との接触も禁じられ、進路も鬼王家に縁のある小中高一貫校へと進んだ。学校を卒業すると、花嫁修業と称して家から出してもらえなかった。

――それに不満があるわけではないけれど……。

ふう、と小さくため息を零し、千緒里は桧山を見遣る。

先ほど老人は、千緒里を『美しく』と評していたが、それは決して美辞麗句ではない。

腰まで伸びた艶やかな黒髪、陶器のように透き通った白い肌、大きな黒瞳を縁取る長い睫毛《まつげ》をしばたたかせる様は、憂いを帯びた儚《はかな》さと色気があった。美しい相貌や女性らしい曲線を描く身体も、異性の心を狂わせる美しさと清楚さがある。

「……貴仁様は、お屋敷にいらっしゃるのでしょうか」

「はい。ですが、お会いできるのは明日の婚礼の儀になります」

さも当たり前のことのように老人は答えたが、千緒里はそれが不思議だった。いくら産まれたときから決められた婚約者とはいえ、婚礼当日まで顔も合わせないとは、一般的に考えられない。

――そもそも、この結婚自体が……いいえ。鬼王家自体が普通ではないのだし、しかたないのかもしれない。

「わかりました。では、お約束通り鬼王家へまいります」

凜として答えた千緒里はおもむろに振り返り、それまでひと言も発せずにいた両親に向かい、両手をついて頭を下げた。

「お父様、お母様。お世話になりました」

「……ああ」

「貴仁様をしっかりお支えするのよ。貴仁様の妻になるのは、名誉なことなのですから」

母の言は、幼いころから言い含められてきたことである。

両親ともに、娘を嫁に送り出すにしてはどことなくよそよそしい態度だ。それも無理はなく、彼らにとって千緒里が産まれたときから、〝自分たちの娘〟ではなく、〝鬼王家当主の花嫁になる娘〟だったから。

だから千緒里も、両親との別れであっても特に感慨は持てなかった。

特異な家に嫁ぐ女もまた、結婚により実家を離れることへの感傷がない。自分には似合いの婚礼かもしれないと、千緒里は胸の中で自嘲していた。

# 1章　初夜

うららかな春の日差しが降り注ぎ、どこからともなく桜の花びらが舞い落ちる。

厳かな雅楽の鳴り響く中、桜の絨毯《じゅうたん》が敷き詰められた参道を目に映しながら、天羽《あもう》千緒里は粛々《しゅくしゅく》と神社の本殿へ向かって足を進めていた。鬼王、天羽両家の婚礼の儀が行われるためである。

白無垢に綿帽子を被る千緒里のとなりには、夫となる鬼王貴仁が紋付き袴姿で表情なく歩いている。直接会ったのは今日が初めてだが、実際に見る彼は写真よりもその美貌が際立っていた。

――いったいどんな方なんだろう。

千緒里はとなりにいる男をそっと見遣り、想いを巡らせる。

鬼王家から最後に送られてきた写真は、今から八年前。貴仁が大学を卒業したときのものだ。それ以来、写真が送られてくることはなくなった。

両親や使者の桧山は千緒里の写真をたびたび貴仁に送っていたようだったが、彼から返信がきたことはない。

――貴仁様は、わたしに興味がないのかもしれない。

それもしょうのないことだとは思うが、わずかばかり胸が軋《きし》む。

天羽家は鬼王家の遠縁にあたるが、家格がまるで違った。日本におけるＧＤＰの十パーセントを担っている旧財閥系グループ企業のトップであり、巨万の富と権力を持つ鬼王家に対し、天羽家はごく普通の一般家庭だ。

それがなぜ、こうして嫁ぐことになったのか。すべては、千緒里の左乳房にある『天女花の痣』に起因している。

鬼王家にとって、『天女花の痣』――俗に言う『天女の刻印』を持つ女性は、特別な意味を持つ。鬼王の男は、『天女の刻印』を持つ女性と子を成すことで財が潤沢になり、不思議な力を得られると言い伝えられているからだ。

鬼王家は、古より日本の中枢に根付いている一族で、代々当主には不思議な力が宿っていた。太古の昔には天候を操り、天災すら収める力、すなわち異能があったと文献に記されている。

未来が見える『先読みの力』、病を治せる『癒しの力』など顕現する力は当主によって異なるが、総じて当主の存在自体が一族を繁栄させている。

現在はそこまで巨大な異能を持つ者はいないが、代々守ってきた鬼王の血が受け継がれているため、当主は相応の力を有しているという。家名は日本の中枢を担う政界財界にまで轟《とどろ》き、時の権力者は鬼王の加護を求め崇め奉った。鬼王家は、いわば日本を陰で操ってきた存在なのだと、千緒里は幼いころより聞かされていた。

――こうしていると、とてもそうは見えないけれど……。

千緒里のとなりにいる男は、際立った美貌を持つ男だが、そういった人外の力を有しているようには見えなかった。

――むしろ、人外なのはわたしのほうかもしれない。

鬼王家の嫁に選ばれるに至った『天女花の痣』が千緒里の左胸に現れたのは、天羽家に代々受け継がれてきた伝承と深く関わっている。

鬼王と同様に、天羽にはある言い伝えがあった。数百年にひとり『天女花の痣』を有して誕生した女児は、より強く『天女の刻印』の恩恵をその身に宿す、と。千緒里は、その言い伝えを体現した女だったのである。

幼いころは蕾のようだった『天女花の痣』は少しずつ形を変え、初潮を迎えると完全に花が開いていた。己の身に起きたことながら、気味の悪さを覚えたものである。

――わたし自身には、なんの力もないのに。

千緒里が思考に囚われている間も、式は厳かに進んでいた。

祓詞《はらえことば》を述べた神主が、祝詞を奏上する。しかし、やはり貴仁からはなんの感情も見て取ることができない。

――貴仁様の目に、わたしはどう映っているんだろう。

ふたりが婚約者となって二十年。貴仁と結婚するのだと言い聞かされて生きてきた千緒里にとって、今日はこれまでの人生の集大成といっても過言ではなかった。

『天女の刻印』を持つ女児が鬼王当主の婚約者となると、生家の人間には多額の金銭や社会的地位を約束される。そのため、これまでの花嫁の生家は名家に娘を嫁がせることを誉としている。

しかし、鬼王の現当主――貴仁からしてみれば、因習に倣って千緒里を娶《めと》るだけに過ぎず、むしろ迷惑に思っていてもおかしくはない。いくら鬼王家のしきたりとはいえ、一度も会いにこなかったのは、千緒里に興味のない証だろう。

――それに、これだけ整った容姿で家柄もいいなら、恋人がいないほうがおかしい。

鬼王家については、物心がついたときから学ばされてきた。だが、肝心の貴仁自身に関しては、千緒里の知っていることは少ない。

夫婦になるというのに、彼が何を考え、何を好むのか。そういった基本的な情報がまるでないのだ。たとえ彼にほかの想い人がいようとも、それを教えてくれる人間は周囲にはいなかった。

千緒里は物心がついたときから、異性との接触を固く禁じられていた。幼稚園からすでに鬼王家に縁のある施設に通わされ、クラスメイトも職員もすべて女で固められていた。徹底的に異性を排除される生活は、二十年の長きにわたり続いた。唯一の例外は、父親、それに鬼王家から時折訪れた桧山だけという有様だ。

鬼王家によって生活を管理されていたことで、友人と呼べる存在もいない。心を許せる人間がおらず、ただ貴仁の嫁となるためだけの人生を歩んできた。

――贅沢は望まない。せめて、普通に会話だけでもできるといいけれど。

千緒里にとって、貴仁は初めて接する年ごろの異性であり、今日からは夫なのだ。良好な関係を築いていきたいと思うのは自然な感情だろう。

それだけではなく、貴仁に対して淡い想いを抱いていた。

写真でしか見ることのなかった婚約者の美しい姿形に、幼い千緒里は憧れに似た感情を抱いていた。誰にも言ったことはないが、貴仁の声や笑顔を想像して胸をときめかせ、彼の花嫁になる日を楽しみにしていた。

しかし、それももう遠い昔の話だ。鬼王、天羽、両家の家格と婚約者が自分に無関心だと知り、己の立場を思い知った。

とはいえ、願わくば夫婦として心を通わせたい。貴仁の妻になった今、そう望んだとしても罰は当たらないはずだ。

式は滞りなく進んでいき、三々九度の盃を済ませると、指輪の交換をすることになった。

鬼王家が用意した結婚指輪は、シンプルなデザインであったが、上等な代物であることが窺える。大粒のダイヤの煌めきは、見入ってしまうほどだ。

貴仁に左手を取られた千緒里は、大きく鼓動が跳ねた。初めて触れた異性の手は、大きく骨ばっていた。心の中で動揺しつつも、それを表面に出さないように努めていると、事務的に指輪が嵌《は》められる。

感慨に耽《ふけ》る間もなく貴仁に左手を差し出され、千緒里は彼がしたのと同じ仕草で薬指に指輪を嵌めた。すると、それまで表情のなかった男の顔がわずかに歪む。

「……まるで因習の鎖だな」

ぽつりと呟かれたその声は、千緒里にしか聞こえないほど小さなものだった。

初めて聞いた貴仁の声は艶のある低音で、冷ややかな響きを持って鼓膜を震わせる。

──やっぱり、貴仁様自身は……この婚姻を望んではいなかった。

この様子では、夫婦として心を通わせるどころか、良好な関係を築くのも難しいかもしれない。

淡い願いを早々に砕かれ、千緒里は誓詞《せいし》を奏上する間も心が沈んでいた。

婚儀を無事に終えると、千緒里は早々に鬼王本家へ連れて来られた。

広大で緑豊かな土地に建てられた日本家屋は二階建てで、都内の一等地であっても広々とした屋敷である。聞けば、国内外の要人もお忍びで訪れるというのだから驚く。

厳粛な雰囲気の漂う屋敷は、まるで当主である貴仁そのもののようだ。

――貴仁様とは、まだちゃんとお話しできないのね。

式後、彼と別行動になると教えてくれたのは桧山である。なぜ、と問うことはせず、千緒里はおとなしく従った。用意されたホテルの部屋で鬼王家が準備していた服に着替え、ここまで連れられて来た。

桧山の後に続き板張りの廊下を歩いていると、まず案内されたのは居間だった。ゆうに三十畳はある部屋は洋室で、純和風の外観とは違う趣がある。

部屋の中央にある重厚な応接セットのソファに座っているのは、義母の葉子《ようこ》だ。貴仁の実母だけあり、やはり美女である。神社から戻ったばかりなのかまだ和装を解いておらず、気だるそうに肘置きに寄りかかっている。中に入った千緒里は、深々と頭を下げた。

「……千緒里です。ふつつか者ですが、どうぞよろしくお願いいたします」

「あなたが、数百年にひとりと言われている『器』なのね。……憐れな子」

「えっ……」

意味が分からず顔を上げた千緒里に、葉子はふっと陰のある笑みで答えた。

「あなたは、自分のこの屋敷での役目を心得ていて？　当主との間に子を成すことよ。それも、ひとりでは駄目。最低でもふたりの男子を産まなくてはいけないの」

葉子は自らが歩んできた人生を滔々《とうとう》と語った。

この家に嫁いできたのは十六歳であったこと。その一年後に貴仁を産んだこと。そして、次男の和仁《かずひと》を産むまでは、地獄のような日々を過ごしていたこと。

「『天女花の痣』を身に宿し鬼王家に嫁いだ女は、苦しみを味わうことになる……わたくしが嫁いできたその日に、義母に言われたことです」

彼女の言葉は、とても今日嫁いできたばかりの嫁に聞かせる内容とは思えないものだった。戸惑って声を失う千緒里を憐れむように見遣り、葉子は続ける。

「この家は……鬼王家は呪われているの。わたくしたちは、鬼王の当主に犯され、子を産むためだけの存在なのよ」

「……あの、おっしゃっている意味が」

ようやく口を挟んだ千緒里だが、葉子はそれ以上語ることはなかった。「何か不自由があれば使用人に命じなさい」とその話を終わらせてしまう。

「さあ、そろそろ自分の部屋へお行きなさい。婚礼で疲れているでしょうからね」

「お気遣いありがとうございます……ですが、お義父様と貴仁様のご兄弟に挨拶《あいさつ》をさせていただきたいのです。おふたりは、どちらにいらっしゃいますか？」

義母と、貴仁の弟である和仁は式に出席していたが、義父の姿だけはなかった。

千緒里の申し出に葉子は柳眉をひそめると、「和仁はこの屋敷に滅多に寄りつかない」と、義弟が不在であることを伝えた。

「それでは、お義父様は……」

「当主にお聞きなさい。もっとも、答えるかはわからないけれど」

含みを持たせた言い方だ。気になってさらに問おうとするも、それ以上の問答は、桧山の声に封じられてしまう。

「千緒里様、お部屋にご案内いたします」

「……わかりました」

まだ葉子に聞きたいことはあったものの、千緒里は引き下がった。

嫁いできたばかりであれこれと詮索するべきではないだろうし、屋敷で過ごすうちに事情もわかるはずだと考えたのだ。

居間を出ると、枯山水の見事な庭を臨みながら、長い渡り廊下を進んでいく。

屋敷は先ほど葉子と対面した居間がある本邸を中心に、左右に別邸が二棟建っていた。

千緒里が向かっているのは貴仁が住まう屋敷で、もう一棟には義母と義弟が住んでいるそうだ。本邸は主に来客対応に使用しており、現在住居としては使っていないという。そのほかに、使用人の居住スペースが離れにあるようだ。

――貴仁様とお義母様たちは、一緒に住んでいないんだ。

結婚するからと新たに住居を建てたわけではなく、もともと別居しているようである。同じ敷地内にいながら、ずいぶん他人行儀な印象を受ける。それは、義母が貴仁を『当主』としか呼んでいないことも原因のひとつだ。

――それに、お義父様はどちらにいらっしゃるんだろう。

葉子は和仁については答えてくれたものの、義父については『当主にお聞きなさい』と含みを持たせただけで、詳細を教えてくれなかった。一緒に住んでいるのであれば、そうと言えばいいだけだ。にもかかわらず明言しなかったのは、義父が屋敷に住んでいないということではないのか。

「どうぞ。こちらが千緒里様のお部屋になります」

義母との対面に違和感を覚えているうちに、別棟に到着した。

本邸とは渡り廊下でつながっているが、別棟との境目に鉄扉が設けられていた。中に入るには専用のカードが必要で、かなり厳重なセキュリティが施されている。

「貴仁様のお部屋と庭の奥にある蔵は、立ち入り禁止となっております。それ以外はご自由にお過ごしくださいとおっしゃっておられました」

「そう……ですか。ありがとうございます」

千緒里のために用意された部屋は、十二畳ほどの洋室だった。備え付けのクローゼットの中には実家から運ばれてきた衣服がすでに収められている。それ以外は鬼王家か用意したもので、ドレッサーやチェストなど上品で値の張りそうなものばかりが揃っていた。

そのほかの部屋は、ふたりの寝室、そして、貴仁の部屋や居間などだ。平屋の４ＬＤＫだったが、千緒里と貴仁の部屋以外は和室で、ひとつひとつの部屋が広く取られている。

ひとしきり部屋の説明を終えた桧山は、千緒里に向き直った。

「不都合がございましたら、なんなりとお申し付けください。台所や風呂も、千緒里様が使いやすいように配慮するよう貴仁様より厳命されておりますので。……何かご質問はございますか？」

「……貴仁様はいつお戻りになるのでしょうか？」

「夜には戻られるとのことです。それでは、今後身の回りのお世話をさせていただく使用人の紹介をいたします」

桧山は一度パンッと手をたたくと、「富樫《とがし》！」と名を呼んだ。すると、五十代後半と思しき和装の女性が現れる。

「千緒里様、この者が今後お世話係を務めさせていただきます」

「富樫と申します。よろしくお願いいたします」

「こちらこそ、不慣れでご迷惑をおかけするかもしれませんが、早くお屋敷に慣れるよう努力しますので、いろいろ教えていただけると嬉しいです」

頭を下げた千緒里に、桧山は「いけません」と困惑したように諫《いさ》める。

「千緒里様は、数百年にひとりの希少な『天女の刻印』を持つお方であり、鬼王家当主の花嫁となられたのです。我々のような使用人に、簡単に頭をお下げになってはなりません」

「お世話になるのに、ですか?」

「我々は、お世話をさせていただいているのです。あなた様は、鬼王家において当主と同等の扱いを受けることになります。……千緒里様の『天女花』が開花したのは、鬼王家にとって瑞兆《ずいちょう》の証なのです」

鬼王家には古くから、『天女の刻印』について言い伝えがあるという。

『天女花』が開くとき、鬼王に吉祥が訪れる。

これまで鬼王家の歴史の中で、『天女の刻印』を持つ花嫁の『天女花』が開花した例はなかった。それだけ千緒里は特殊な存在であり、「花嫁を敬い誠心誠意お世話をするように」と、鬼王家に仕える使用人らは事前に告げられているそうだ。

――わたしの痣にそんなに大層な言い伝えがあったなんて、全然知らなかった。

むしろ、年々変化していく痣を気味が悪いとすら思っていた。それに、どれだけ大仰な伝承があろうと、千緒里自身にはなんの力もない。ごく普通の女だ。

戸惑っていると、富樫がにこにこと千緒里に歩み寄る。

「本日はお疲れになられたでしょう。お風呂の用意をしてありますので、どうぞお入りください ませ。入浴のお手伝いをさせていただきます」

「えっ、ひとりで入れますから……」

「そうはまいりません。葉子様が鬼王家に嫁いでいらしたときも、わたしがお世話させていただきましたので」

「富樫は十代のころからこの家に仕えている使用人です。何かあれば、どうぞ富樫にお聞きになってください」

ふたりの使用人から言われ、千緒里は「わかりました」と答えるしかできなかった。


その後、富樫をはじめとする数名の女性使用人の手で、入念に初夜の準備が施された。

隅々まで肌を磨かれ、念入りに髪を洗われ、いっさい自分で動くことなく入浴を済ませると、用意された白い正絹《しょうけん》の襦袢《じゅばん》を着せられた。下着は上も下も用意がなく、問えば「初夜のしきたり」なのだと言われた。

髪くらいは自分で乾かすと申し出たが、それも却下されてしまう。自分の仕事を奪わないでくれと言われれば、従わざるを得なかった。

「本当に、千緒里様の刻印は、見事でございますね。瑞祥の表れだという言い伝えも頷けますわ。それに、肌も髪もお綺麗で。貴仁様もお喜びになられることでしょう」

千緒里の髪に櫛を入れながら、富樫が手放しで賛辞する。褒めてもらえるのは純粋に嬉しいと思うが、たとえ同性といえども入浴を手伝われることは恥ずかしかった。身体をじっくりと観察されていたからなおさらである。

「貴仁様も、そろそろお戻りになります。寝室でお待ちください」

富樫に先導されて寝室に入ると、中はやけに広々としていた。

箪笥や座卓、座椅子が部屋の端にあり、中央に布団が敷かれている。枕のそばにある盆には液体の入った小瓶が置かれ、その脇にあるシェードに和紙を使用した箱型のテーブルランプが、淡く室内を照らしていた。

「それでは、わたしはこれで失礼いたします」

富樫が去り、残された千緒里は所在なく室内を見回した。

なんの気なしに丸く縁取られた窓へ近づくと、庭にある松の木が見えた。月の光を浴びて佇《たたず》む松は、どことなく神秘的ですらある。

――綺麗……。

妙に心が惹かれ、しばし眺めていると、障子が音もなく開いた。

振り返ると、表情なく貴仁が立っていた。千緒里と同じく正絹の襦袢を身に着けている男は、昼間に見たときと同じように他者を圧倒する存在感を放っている。

「……失礼いたしました」

千緒里はその場で正座をすると、指をついて頭を下げた。

「ふつつか者ですが、どうぞよろしくお願いいたします……貴仁様」

貴仁は無言で千緒里の前まで歩み寄り、ひと言「頭を上げろ」と告げた。言われた通り顔を上げれば、彼の視線は窓の外の景色に向けられている。

「松が気になるか」

「は、い。月の光を浴びて、とても綺麗な景色だと……見惚れていました」

千緒里はひどく鼓動を高鳴らせていた。理由はただひとつ。貴仁が、初めて自分に話しかけてくれたからだ。

しかし彼は、「さすがは『天女の末裔』だ」と、秀麗な顔に嘲りの色をのせた。

「あの松は、天女が羽衣を預けた松だと言われている。恥知らずな鬼王の始祖が残した──天女を犯した証というわけだ」

「え……わたしが、『天女の末裔』……？」

貴仁が語る話の内容に、千緒里は困惑した。確かに『天女花』と呼ばれる花の痣が乳房にあるが、だからといって『天女の末裔』と断言するのもおかしな話だ。そもそも『天女』はおとぎ話の中の存在で、実在したわけではないだろう。

「おまえは、何も知らずに嫁いできたわけか」

「すみません……」

「天女伝説は日本各地に存在するが、その中でも最悪なのが……鬼王家の伝承だ」

貴仁は吐き捨てるように、鬼王家に伝わる天女伝説を語った。

今は昔。鬼王の祖先が統べる地に、美しい蓮の花が群生する湖があった。あまりの花の美しさに天から降り立った女人は、近くにあった松の木に羽衣をかけて水浴びをしていた。すると、女人に魅入られた人間の男――鬼王が、羽衣を隠して女人に迫った。「俺の妻になってこの地に留まれ」と。羽衣がないと天へ還れないと嘆く女人を、鬼王はその場で犯した。

天女が地上へ留まったことで、荒地だった鬼王の土地は豊かになる。天災の類がなくなり、作物は豊富に実った。村人に感謝される天女だが、自分を犯した夫の鬼王だけは赦すことができなかった。

天人だった女人が抱いた負の感情は、身体をみるみるうちに弱らせていく。とうとういまわの際になると、「私から羽衣を奪ったお前だけは赦せぬ。私と同じ苦しみを味わえ」と、鬼王を呪って死んだという。

「それが、鬼王家の始祖……天女の末裔を娶ることになった始まりの話だ」

「あ……っ」

貴仁は千緒里の腕を強引に引くと、布団の上に組み敷いた。淡い光に照らされた男は震えがくるほど壮絶な美貌を湛え、千緒里を見下ろしている。

「おまえは、『天女の末裔』で、鬼王家を繁栄させるために差し出された生贄《いけにえ》だ。俺の子を孕《はら》み、次期当主を産むことだけがおまえの役目だ」

ぎらりと男の左目が金色に光った気がして、千緒里は恐れ戦いた。

――見間違い？　でも……なんであろうとわたしの役目は決まっている。

まさか、自分が『天女の末裔』であるなどと思いもよらなかったし、いまだに実感が湧かないのも事実だ。けれども驚きこそすれ、自分の根源《ルーツ》など取るに足らないものだと千緒里は思う。二十年間、鬼王家当主の花嫁になるためだけに生きてきたのだ。その程度の情報で揺らぐことはない。

「自分のお役目は、充分理解しています。わたし……こういったことは初めてなので、お手間をおかけするかもしれませんが……よろしくお願いいたします」

彼から視線を離さず千緒里が告げると、男の瞳がわずかに揺らいだ。しかしそれは一瞬のことで、口の端を持ち上げた彼は嘲笑を浮かべる。

「殊勝な心掛けだな。……だが、この婚姻に愛はない。どうせ俺はもう長くない身だ。跡取りを産んだらおまえを解放してやる」

「それは、どういう……あっ」

　言葉の意味を聞こうとすると、それを遮るように男の手が合わせを強引に開いた。

　まろび出た乳房を見た貴仁は、「これが『天女の刻印』か」と忌々しげに呟き、そこに強く吸い付いた。初めて異性に肌をさらした恥じらいと、乳房に口づけられた羞恥に、千緒里は小さく身を捩る。

──もう少し、貴仁様とお話をしたかった。長くない身ってどういう意味なの……?

頭の中に疑問が浮かぶも、それを尋ねる雰囲気ではなかった。『天女花』に吸い付いていた彼が、今度は胸の先端に舌を這わせたからだ。

「あ……んっ……」

新たな刺激に千緒里の意識は霧散し、胸への愛撫に全神経が集中する。

貴仁は乳頭を食みながら、もう一方の乳房に手を這わせる。やや乱暴な仕草でふくらみに指を食い込ませ、乳首を捻り上げた。

「んぁっ……」

思わず大きな声を上げてしまい、とっさに唇を噛みしめる。

夫婦の初夜は何をするものなのか、知識として理解はしている。けれど、自分がどういった反応をするのが正しいのかまでは、千緒里にはわからない。

貴仁はどちらかといえば、この結婚に否定的な言動をとっている。自分に流れる鬼王の血や、天女の末裔である千緒里のことを嫌悪しているようだった。

「貴仁様、は……わたしが、お気に召しません、か……？」

喘ぎを押し殺して口をついたのは、脳裏にこびりついていた疑問。彼の言動から感じ取った千緒里の予感である。

しかし、顔を上げた男は、意外なことを言われたように目を眇《すが》めた。

「面白いことを言う。それではまるで、おまえが俺を気に入っているように聞こえるぞ。それとも、閨事《ねやごと》でそう振る舞えと富樫にでも言われたか」

「そんなことは……言われていません」

「だったら、よけいなことを気にするな。それに、俺たちの間に情は必要ない。どうせすぐに、おまえは俺を憎むようになる」

「それは、どういう……あっ！」

貴仁は、千緒里の言葉を封じるように、唾液に濡れた乳首を扱いた。芯を持ったそこを指の腹でぐりぐりと刺激され、ぴりぴりと淫らな痺れが胸に広がっていく。

「は、ぁ……っ」

呼吸が浅くなってくる。心臓はかなりの速さで拍動していたが、それが緊張によるものなのか、それとも彼に胸を弄られているせいなのか判断できない。ただ、ひどく身体が熱かった。まるで、血液が沸々と煮えていくように。

――さっきの言葉の意味を知りたい、のに。

またしても千緒里の疑問は、淫らな行為によって封じられてしまう。

「吸い付くような肌だな。白い肌が上気して、『天女花』が赤く色づいている」

「っ、ぁ……ぅっ、ん」

「鬼王の当主にとって、『天女の刻印』を持つ女との性交は、得も言われぬ快楽をもたらすと言われている。普通の女とは比べものにならないらしい。だから少なくとも、当主である俺はおまえの身体に溺れるはずだ」

それは、あくまで鬼王の血が天女を求めているのだと言わんばかりだった。

これまでの人生を、貴仁の花嫁になるためだけに生きてきた。たとえそれが鬼王家の因習によるものであろうとも、千緒里にとって彼は唯一の男であり、生きる意味だった。

ほかの異性を知らないまま育った千緒里は、貴仁に期待していたのだ。因習に従った婚姻であっても、愛情が生まれるのではないか、と。

――でも貴仁様は、わたしの身体だけがあればいいんだ。

婚姻に抱いていた希望が打ち砕かれ、寂しさを覚えたそのときである。

「集中していないようだな。――それなら、ちょうどいい」

貴仁は千緒里が行為に集中できていないことを悟ったのか、胸をまさぐっている手を外した。枕元にある小瓶を持つと、蓋を取って中身を手のひらに落とす。

「あの、それは……」

「鬼王家に代々伝わる催淫剤だ。俗に媚薬とも言われているな。これを使えば、処女でもありえないほどの快感を得られるらしい。富樫が用意したんだろうが、周到なことだ」

彼の手のひらには、無味無臭でとろみのある液体がたっぷりついている。思わず腰を引くと、貴仁が千緒里の両足を左右に広げた。襦袢の裾が捲れ上がり、艶めかしい双脚があらわになる。

「や……っ」

千緒里は、初めて彼に対して拒絶の言葉を口にした。

何をするべきかは理解している。だが、下着を着けていないため、足を開けば秘部が丸見えになってしまう。いくら夫となった男であっても、秘すべき場所を見られて平気な顔ができるほど厚顔ではなかった。

「安心しろ。人体に害はない代物だ」

貴仁は、千緒里が媚薬の使用を嫌がっていると思っているようだった。もちろん怪しげな薬を使用されることにも抵抗がある。しかしそれよりも、羞恥のほうが強い。

けれどそう伝えるより先に、彼は千緒里が足を閉じられないように足の間に身体を差し入れた。M字に開脚させられたことで、薄い恥毛の生えた陰部がさらされる。

「そ、そんなところ……見ないでください……」

「無理を言うな。見なければ何もできないだろう。すぐに好くなるだろうから、おまえは何も考えず快感に溺れればいい」

「ひ……ぁ、ぅっ」

媚薬を纏わせた指先が、ぴったりと閉じていた割れ目を押し開いた。わずかに濡れていた恥部を左右に拡げられ、空気に触れたそこがひくりと動く。

「綺麗なものだな。だが、まだ幼い」

千緒里の膝がしらを押さえた男はそんな感想を漏らし、埋没していた花芽に指先で触れた。媚薬に濡れた指で花芽を擦られると、腰が撥ね上がる。

「んっ、ぁ……！」

「ここは、女が一番快感を得られる場所だ。よく覚えておけ」

包皮に守られた花芽を容赦なく暴かれ、剥き出しになった花芯を扱かれる。千緒里はこれまでにない強い悦に打たれ、身体に電流が走ったようにびくびくと四肢がのたうった。

「やぁっ……ンンッ」

貴仁の指で擦られたそこは、ひどく熱を持っていた。じんじんと疼《うず》き、女筒の中が意図せずひくつく。自分の身体なのに、制御できない熱が強制的に引き出される感覚だ。今まで経験のない身体の反応に、千緒里は白い喉を反らせて艶声を漏らす。

「あぅっ、は……あ、あ……ぁあっ！」

「声に甘さが交じってきたな。媚薬が気に入ったか」

どんどん身体が火照る千緒里とは対照的に、貴仁は冷静だった。

自分ひとりが乱されていることで、より羞恥が増してしまう。それなのに、意思では如何ともしがたい感覚が、胎の内側に溜まってくる。それが媚薬の効果なのか、それとも貴仁に触れられているからなのかはわからないが、快感を得ていることだけは確かだ。

「ふ……ぁっ、た、貴仁、さま……ッ、はぁっ」

「なかなかいい声で啼く。だが、まだこれからだ」

貴仁はふたたび小瓶を手に取り、中身を自身の指に塗りたくった。そしてためらいもせず、千緒里の蜜口に中指を挿入する。

刹那、異物感と冷ややかな液体の感触に、千緒里の身体が強張った。

「い、やぁ……ッ」

「さすがに処女は狭いな。指一本でも動かしにくい。まあそれも、媚薬が効くまでの間だろうがな」

男の指がゆるゆると動き、柔肉に媚薬を塗りこめていく。

自分でも触れたことのない場所に、他人の指が挿入されている。混乱した千緒里が無意識に逃れようと腰を捻るも、それはさらに貴仁の行為を手助けすることになる。媚薬に塗れた男の指を奥へと呼び込んでしまい、蜜襞がそれに絡みついた。

「んぁっ……！」

狭い蜜窟は男の指一本を呑み込むことでさえも、強い違和感をもたらした。しかし、胎の内側に少しずつむず痒い疼痛がじりじりと侵食する。

――な、に……この、感じ……？

ただひたすら体内に挿入された指に戸惑っていたはずが、徐々に感触に馴染んでくる。媚肉に催淫剤が浸潤し、じわじわと内壁に蜜が溜まっていく。それは、確かに快感を得ていることの証だった。

「濡れてきたな。媚薬を粘膜に直接塗ると、効き目が早いらしい。自分でも感じているのがわかるだろう」

声をかけられたものの、答える余裕はなかった。

貴仁が指を動かすと、くちゅっと淫らに音が鳴り、千緒里の聴覚を犯していく。体内は確実に蕩けていき、奇妙な高揚が身体に充満している気がした。

「あっ、ぅ……は、ぁっ」

指の腹で丹念に蜜襞を押し擦られ、内部がやわらかく解れていく。それを自覚できるのがまた恥ずかしく、千緒里はつい両手で顔を覆った。女として感じている自分が、とてつもなくはしたなく思えたのだ。

「顔を隠すな。俺にすべてを曝け出せ」

貴仁はそう言うと、咎《とが》めるように親指で陰核を刺激した。

「あぁっ……ん！」

中指を蜜部に咥え込んだまま花蕾を揺さぶられ、堪えきれずに喘いでしまう。

白く透き通るような千緒里の肌は、じっとりと汗が滲んでいた。いまだかつてない淫熱に浮かされて朦朧《もうろう》とし、男に与えられる愉悦に鋭敏になっていた。

――怖、い。

肉体の悦びに心が引き摺られてしまう。それが嫌なのに、貴仁は何も考えずにただ淫楽を味わえというかのように千緒里を追い詰める。蜜口がきゅうきゅうと窄まったことで、淫肉が男の指に吸い付くのがわかる。まるで、自分の身体ではないようで困惑する。

「やわらかくなってきたぞ。指がすんなり出し入れできる」

「ふっ、ぁあっ、ん！」

貴仁が指を抜き差しすると、ぬちっ、くちっ、と粘着質な音が耳に届く。

千緒里は彼に施される愛撫に、どんどん耽溺していた。肌に纏わりつく襦袢がうっとうしくなってくる。もっと男に犯されたいというように乳首は勃起し、蜜肉は奥へ誘いこむかのごとく蠕動《ぜんどう》していた。

「貴仁、さ……ま……ぁっ」

上げた声は、男に媚びる女そのものだった。しかし今の千緒里は、そんなことを気にかける余裕がない。

身体がどろどろに溶けてしまい、胎内を侵す熱に苛まれる。如何ともしがたい淫熱を拭い去りたくて、顔を覆っていた手を外す。すると、左の眼が金色に光る貴仁が目に飛び込んでくる。

——さっき見たのは、見間違えじゃなかった。

そう思ったのもつかの間、男は千緒里の内部を侵していた指を引き抜き、愛液に濡れた指を口に含んだ。赤い舌で指を舐める姿は、壮絶な色気を湛えている。

「そろそろ頃合いだな。すっかり身体は熟れて、物欲しげにひくついている」

見下ろしてくる貴仁の艶めかしさに、千緒里の内側が反応した。指を失ったことで肉筒にたっぷり溜まっていた淫蜜がとろりと溢れ、正絹の襦袢を汚していく。頰は上気して朱色に染まり、大きな瞳は欲に濡れて潤んでいた。

貴仁は千緒里を見下ろしたまま、自身の襦袢の前を開いた。やはり下着は着けておらず、雄々しく猛った男のものが鎌首をもたげている。初めて見る男性の欲望に息を詰めたとき、彼が秀麗な顔を艶やかに歪ませる。

「安心しろ。薬が効いているから痛みはないはずだ。互いに快楽だけを貪れる」

言いながら、千緒里の蜜部へ己をあてがった男は、吐き捨てるように言い放つ。

「得も言われぬ快感とはどんなものか、味わわせてみろ」

「ひっ……んっ、ぁああ……っ」

男の先端が蜜口にめり込んでいく感覚に、千緒里は全身を震わせた。媚薬の効果で痛みはない。ただ、おびただしい愉悦の塊が体内に駆け巡る。

彼の熱塊が柔肉を削るように最奥に向かって突き進み、媚肉が引き攣れたような感覚を覚える。雄芯はかなりの質量で未踏の処女窟を侵していき、胎のうちが苦しくなった。

「や、ぁっ……く、ぅ……ンッ」

千緒里は両手でシーツを握り、貴仁に与えられる刺激に耐えた。歪む視界では、欲を孕んだ目で自分を見ている夫がいる。そこに、それまで余裕を保っていた男はもういない。ただ女を欲している美しく淫らな獣がいた。

「全部入ったぞ。わかるか」

「はぁっ、ぅっ」

ぐっと手のひらで腹部を押され、千緒里が喘ぐ。圧迫されたことで狭隘な蜜路を満たす雄茎が脈動し、振動を拾った蜜肉が愉悦に悶える。女の本能が己を穿《うが》つ雄を逃すまいとして肉槍に絡むと、貴仁が小さく息を呑む。

「っ……ただ挿れただけで、すべてを持っていかれそうだ」

眉根を寄せ、完璧なラインを描く顎から汗が流れ落ちる男の姿は、芸術的ですらあった。

しかし、その美しさとは裏腹に、彼の欲望は千緒里の内部を食い荒らす。最奥まで熱塊が到達すると、一度息を吐いた貴仁が千緒里の両足首を持ち上げた。次の瞬間、骨が軋むような激しい抽挿を始める。

「あぅっ、た、かひ、と……さ、ま……ぁああっ、ん！」

肉を打つ乾いた音が、間断なく響き渡る。いっさいの加減なく摩擦された媚壁が肉傘に擦れて愉悦に塗れ、喘ぎが大きくなっていく。

――こんなに、淫らな声を上げるなんて。

自分自身の声とは思えない。ふしだらな嬌声だ。しかし、堪えようと思っても、熟れた体内を貫かれると我慢できない。

蜜窟の中で交わる淫液の音が、たたきつけられる欲望が、千緒里に女の悦びを植え付ける。熱杭に侵されている下腹部や淫猥に揺れる乳房から快感が迸り、身体を淫悦の虜にさせる。

「くそっ……これが、鬼王の呪縛、か」

呻いた貴仁が、今度は千緒里の膝に腕を潜らせた。乳房を鷲づかみにし、もみくちゃにしながらがつがつと奥を穿たれて、意識が吹き飛びそうになる。

初めての行為だというのに、身体は正しく快感を得ていた。生身の肉竿で貫かれ、内壁が喜悦にわななく。乳首は痛いくらいに勃起して、男の手のひらに擦れるたびに強烈な悦楽に襲われた。

「あ、ぁっ、ん！　ふ、っ、ぁああ……っ」

「天女の末裔を犯した当主たちは、これほど快楽を得ていたのか……どうりで狂うはずだ」

腰を振りたくりながら呟く貴仁は、ぎらぎらと瞳を金色に輝かせ、行為に陶酔しきっていた。その様は、飢えた獣を思わせる。目の前の獲物を食らい尽くし、それでもなお満たされることはない。そんな凄絶な荒淫だった。

「――おまえを犯せと本能が叫ぶ」

「んぁっ、ぅ……ぁああ！」

ごりっ、と雁首が子宮口を貫いた。奥まで抉った肉槍は灼熱のように、千緒里の体内を焼いていく。媚薬の効果も相まって、肉襞がもっとも奥深い部分へ男を誘い、意識が快楽一色に染められていく。

――もう、何も考えられない。

千緒里はわずかに残っていた理性を手放し、初めて覚えた淫悦を追いかける。無意識に腰を揺らして男の抽挿を助けたことで、美しく梳いた黒髪は乱れてシーツに広がり、淫液の染みた襦袢はぐちゃぐちゃにしわが寄っていた。

「気持ちよさそうだな。腰が揺れているぞ」

「貴、ひ……んっ、あぅっ……はぁっ」

「いいならいいと言え。俺に突かれて、どうしようもなく感じているんだと」

「い、い……気持ち、いい、で……はぁっ、んんっ」

常であれば絶対に口にしないような台詞だが、媚薬により理性を奪われた今はためらいなく言葉になった。たとえ犯されるように抱かれても、千緒里は感じている。しかも、今にも身体が弾け飛びそうなほど強烈に。

「アッ、ん！　奥……いや、ぁっ！」

「は……処女だったというのに、奥で感じるか。嫌だと言うわりに、ずいぶんと食い締めてくれる」

貴仁は千緒里の状態を本人以上に理解していた。ごりごりと最奥に己の先端を押し込め、そうかと思えば肉竿のくびれで媚壁を引っ掻く。そうすると、千緒里の身体は彼に応え、深く埋まっている雄茎を引き絞る。

「婚礼のときは人形のようだったのに、今はすっかり女の顔だな」

告げる言葉は冷淡だが、貴仁の呼吸は乱れている。千緒里と同様に、行為に没頭しているのだ。

肉のぶつかり合う音が速まると、尿意に似た感覚が腹部からせり上がってくる。男がひと突きするたびにそれは高まり、全身が痙攣《けいれん》する。己を形造る輪郭が溶けてなくなり、ただ淫楽に耽る獣のように男の猛りを締め付けた。

「い、やぁっ……何、か……きちゃ……うっ、んん！」

つながりから聞こえる耳を塞ぎたくなるような淫音も、今は愉悦を感じさせる一助を担っていた。剝かれた淫芽と男の下生えが擦れ、ぎゅうぎゅうに蜜洞が狭まる。しかし彼は締め付けを愉しみながら、淫らな命令を発した。

「いいぞ、いけ。初めてにしてはよくもったほうだ」

そう告げた男は、千緒里の膝を胸に押し付ける体勢を取らせた。角度の変化が新たな悦楽を体内に呼び込み、腰がぐずぐずに蕩けてしまう。膝と乳頭が擦れるのが気持ちよく、背筋がぞくぞくとした。

「も……だ、め……ぇっ、ん、あ、はぁっ、ぁあああ……！」

千緒里は喉を振り絞り、悦楽を極めた。それは、呼吸すら忘れるほどの大きな快感だった。大きくうねった胎の内側が熱塊を圧搾し、全身をわななかせる。

蜜路の緊縮に耐えていた男は、眉根をひそめると最奥へ己を打ち込んだ。ぐっと圧を増した雄茎を根本まで埋め込み、鈴口から熱い飛沫を吐き出す。

子宮に欲望が注がれる感触さえも、絶頂の余韻が残る身体にはつらい。

意識を保つことすら困難で瞼《まぶた》を下ろそうとしたとき、胴震いした貴仁が挿入したまま千緒里を反転させた。

「落ちるにはまだ早い。一度で終わるわけがないだろう」

腹に腕を入れられて尻を浮かせる体勢となり、千緒里は総身を震わせた。

「あ……わ、たし……」

とうに身体は限界で、これ以上の淫行は無理だ。しかし、そう伝えようにも舌がもつれて言葉にならない。

もっとも、訴えたところで貴仁の行為は止むことはないだろう。なぜなら彼は、千緒里の中で張りを取り戻していた。先ほど精を放ったばかりだというのに、淫孔を押し拡げるほどの硬度で蜜襞を圧迫する。

「諦めろ。おまえを犯し尽くすまで、俺の欲望は収まらない」

背中に伸し掛かった男の囁きが耳朶をくすぐり、千緒里が顎を撥ね上げた。刹那、貴仁が腰を動かし、蜜洞を行き来させる。

「ああっ、ふ……ンッ、ぁああ……ッ！」

胎のうちにたっぷりと放たれた白濁がかき混ぜられて、ぐちゅぐちゅと音を立てる。彼に腰を抱き込まれているため為す術もなく、絶頂を迎えて間もない胎内を蹂躙される。雄槍のくびれで媚肉を削られると、狂おしいほどの淫悦が絶え間なく押し寄せてきた。

――おかしく、なる。

快楽の海に浸された千緒里は、その夜気を失うまで犯され続けた。

「う……ん」

鈍痛を覚えた千緒里が目を開けると、丸窓から朝日が射し込んでいた。見覚えのない景色に一瞬困惑するも、すぐに鬼王の屋敷だと認識してとなりに目を向ける。昨夜、千緒里を散々犯した男は、起きる気配がなく深く眠っていた。

──わたし、貴仁様と初夜を過ごしたのね。

貴仁の綺麗な寝顔にほんのわずか見惚れるも、昨夜の行為を思い出して頬に熱が集まった。媚薬の効果があったとはいえ、かなりはしたなく乱れたことが恥ずかしかったのだ。薬が効いている間は、理性よりも快楽への欲求が勝り、普段ではありえないほど乱れた。身体が限界を訴えていたというのに、貴仁を何度も受け入れては絶頂に導かれ、最後のほうは記憶が定かではない。

千緒里の身体には掛布団がかけられていた。襦袢が無造作に布団の脇に抛《ほう》られているところを見ると、貴仁が脱がせてくれたのだろう。肌は清拭されたのか不快感はないものの、様々な体位で貫かれたことでひどく身体が重い。そして、まだ貴仁が内部にいるかのように、蜜部がじくじくと疼いている。

──初夜は終わったけれど、まだわからないことがたくさんある。

身体はつながった。鬼王家に嫁いできた女の最初の務めは果たしたことになる。けれど千緒里はそういったことを抜きにして、もっと彼に歩み寄りたいと思った。

貴仁はこの結婚に否定的な言動を取るが、これから先ふたりは夫婦として生活するのだ。夫となった彼を理解したいし、自分のことも知ってもらいたいと思う。

つらつらと考えながら秀麗な男を見つめていると、視線を察知したのか貴仁の睫毛が震えた。

男の瞼がゆっくりと開くと、千緒里の姿を認めた黒瞳がわずかに揺らぐ。こうして見ると、昨晩目にした金の瞳が幻だったのではないかと思える。

「……おはよう、ございます」

「ああ」

短く答えた男は上半身を起こし、気だるげに髪をかき上げる。はだけた襦袢から見える鎖骨や胸板が妙に色っぽく、つい目を逸らした。

昨夜激しく求めてきたとは思えないほど、貴仁の態度は素っ気なかった。それでも諦めず、千緒里は会話を続けようとする。

「貴仁様は、今日はお仕事でしょうか……？」

「違う。……いちいち俺のことを気にする必要はない。俺以外の男と関わりさえしなければ好きに過ごしていい。何かしたいことがあれば富樫に話を通せ。外出以外なら許可する」

夜の務めさえ果たせば、何をしようと構わないとでもいうような、貴仁の発言だった。

「この結婚は、鬼王家が決めたものかもしれません。ですが……わたしたちは、夫婦になったのではありませんか？」

「何が言いたい」

貴仁の目が、訝しげに細められる。竦みそうになった千緒里だが、なんとか気持ちを奮い立たせ、自分の想いを口にする。

「わたしは、夫婦として歩み寄りたいと思っています。それともわたしは、跡継ぎを産む以外に必要とされない存在なのですか」

「……そうだ」

端的な返答に、千緒里は胸に鋭い痛みを覚えて俯いた。立ち上がった貴仁は、部屋を出て行こうとして障子に手をかける。彼を呼び止めようと腰を上げようとしたが、力が入らなかった。バランスを崩して布団に身を沈ませると、振り返った彼に見下ろされる。

「そんな姿をさらして、また抱かれたいのか」

薄く笑う貴仁の言葉に、千緒里の頬が赤くなった。うっかり忘れかけていたが、何も身に着けていない状態だ。慌てて掛布団にくるまると、顔だけ出して彼を見上げる。

「見苦しい姿をさらして申し訳ありません」

「昨夜散々見た身体だ。何を今さら」

やはり、やさしさの欠片もない言葉だ。だが、彼が部屋に留まってくれたことで、千緒里は少しだけ光明が見えた気がした。

――貴仁様は、話しかければちゃんと答えてくれる。

コミュニケーションを完全に拒絶されたわけではない。それは、彼の行動が示している。

「わたし……諦めません。今は跡継ぎを産むための器であっても、いずれは心を通わせた夫婦になりたいのです」

「……好きにしろ。おまえの心までどうこうするつもりはない。ただし、俺におまえと同じ気持ちを求めるな」

貴仁の態度は頑だった。あくまで一線を引く構えで、夫婦として歩み寄るつもりはないと断言している。

――今は、それでもいい。

少なくとも、会話は成り立っている。そのことに安堵しつつ、千緒里は続ける。

「貴仁様に、お聞きしたいことがあります。どこか、身体を患っておいでなのですか？」

昨夜彼は、『どうせ俺はもう長くない身だ』と言った。まだ三十歳、しかも妻を娶ったばかりの男の発言にしては、不穏なものである。

千緒里の質問に、貴仁は少しばかり眉を寄せた。痛みを堪えているような表情を浮かべると、くるりと踵を返して障子を開く。

「病であればまだ救いはあったんだがな」

吐き捨てるように言い残し、ぴしゃりと障子を閉めた。

——どういう、意味……?

千緒里は困惑を深くし、閉ざされた障子を見遣る。それは、彼と自分とを隔てる心の壁に見えて、ため息をつくしかできなかった。

# 2章　希求

千緒里が嫁いできて一週間が経った。

貴仁は黒塗りの高級車のシートに背を預け、スーツのポケットから煙草を取り出すと、秀麗な顔を不愉快そうに歪ませた。

この一週間、貴仁は夜毎妻を抱き潰し、朝になると仕事へ向かう日々を続けている。千緒里を前にすると、抑えがたい性衝動に支配されるのだ。

――これが、鬼王当主の本能か。脈々と受け継がれてきた下種《げす》な血筋だ。

内心で吐き捨てると、煙草を一本口に咥える。火をつけたところで、対面に座る秘書から声をかけられた。

「貴仁様、最近吸い過ぎではありませんか？」

そう諌めるのは、専属秘書である桧山――千緒里が嫁いでくるまでの期間、鬼王家と天羽家を行き来する使者を務め、幼いころから貴仁の面倒を見てきた人物である。

貴仁は「放っておけ」と告げると、煙を深く肺まで吸い込んだ。舌に煙草特有の苦みが広がり、ため息のように長い紫煙を吐き出す。

「くだらん会合に出たことで気分が悪い。どいつもこいつも、鬼王の恩恵にあやかろうとする愚物ばかりだ」

鬼王家当主であると同時に、日本におけるGDPの十パーセントを担っている旧財閥系グループ企業のトップに君臨し、莫大な財と権力を持つ当主の貴仁は、グループ傘下の企業の役員はもちろんだが、政治家とも深い付き合いがある。

今日は、現与党総裁が主催するパーティーに出席した帰りだったが、機嫌がすこぶる悪かった。なぜなら、出席者のいずれもが、鬼王の『加護』を求めて群がってきたからだ。

「政治家どもは、なぜこうも人外に縋るのだろうな。表向きは崇めておきながら、陰では化け物扱いしていることを知らないとでも思っているのか」

紫煙を燻らせながら目を眇めると、桧山が目尻にしわを刻む。

「鬼王家当主の宿命でございます。時の権力者たちは、何かに縋らないと己の立場を守れない心の弱き者も多くおりますゆえ。それに貴仁様は、歴代当主の中でも並外れた『異能』をお持ちでいらっしゃる。……それこそ、ご不興を買えば天変地異も起こされかねないと、恐れられているのですよ」

代々鬼王の当主には、『天女の寵愛』と呼ばれる不思議な力が宿っていた。顕現する力は歴代の当主によって異なるが、当主の存在自体が一族を繁栄させるとされている。

もっともそれは、『天女の刻印』を持つ女と子を成すことが条件だ。刻印を持つ女の子どもでなければ、力は受け継がれない。だからこそ、鬼王家は刻印を持つ女を躍起になって囲うのだ。

男子が産まれれば、第一子は鬼王の次期当主となり、女子が産まれれば時の権力者に嫁に出される。権力者と血縁となり、天女の血をつないでいくことで、鬼王家はいつしか日本の中枢に君臨するようになっていた。

――あいつが産まれたときも、えらい騒ぎだったな。

『天女花』を持つ女児の誕生は、自動的に鬼王家に報告されるよう手配されている。刻印を持つ女児は一族の中から産まれることが多いため、どれだけ遠縁であっても鬼王の血を引く者は管理の対象だった。

それだけではなく、鬼王家は独自の情報網を有し、日本各地にある産院と連携しているため、刻印持ちの女児が産まれた場合、両親の報告を待つことなく本家に知らされる。その後、その女児と家族を手厚く保護するのだ。――当主の花嫁にするために。

千緒里の誕生時、貴仁はまだ十歳だった。産まれたばかりの赤ん坊が〝婚約者〟になったと聞かされ、戸惑ったことを覚えている。

しかし、自分よりもその女児が憐れだと思った。

──化け物の花嫁になりたい女などいないだろう。

煙草を灰皿に押し付けると、貴仁はくしゃりと自身の髪を乱して目を伏せる。

幼いころ貴仁は、身のうちに宿した『異能』が恐ろしかった。

貴仁の持つ『異能』は、一種の呪いのようなものだった。自身が排除したい人間を、己の手を汚すことなく物理的に排除できるのである。

小難しい術式も呪文も必要ない。ただ、対象者を直接目に映して死を願えばいい。そうするだけで、ある者は心臓麻痺で命を落とし、ある者は精神に異常をきたして自ら命を絶った。

現代の法では裁かれず邪魔者を排除できる貴仁の『異能』は、時にグループ会社の利のために、時に権力者たちの利権争いのために使われてきた。いずれも己の意思ではなく、ただ命じられていただけ。当主となるまでの貴仁は、鬼王家の傀儡に過ぎなかった。

しかし、そんな貴仁も自分の意思で行動したことがある。まだ十代だったころのことだ。そのときに決意したことが、現状を作り出したといっても過言ではない。

「……あれは、どうしている」

思考に沈みかけた意識を切り替え、桧山に問う。秘書は「臥せっておいでです」と短く答え、物憂げに眉を寄せる。

「富樫の話では、食欲も落ちているとのことです。慣れない家でおひとりで過ごされることが多いので、気が滅入っておられるのではないかと。……貴仁様、千緒里様を丁重に扱わなければ、鬼王にとって災いとなりかねません。ご一考くださいませ」

暗に、もっと妻を大事にしろと告げられ、貴仁は鼻白む。

「丁重に扱うのはおまえたちの仕事だ。俺は、種馬としての役目を果たすだけだ」

「……そのような物言いをなさっては、千緒里様も悲しまれます。あの方がいらしてから、貴仁様はまだ名前すらお呼びになっていない。大事に思われているのなら、もっと……」

「分を弁えろ、桧山。まだ命は惜しいだろう？」

貴仁は冷ややかに告げると、桧山に視線を据えた。当主の持つ力を知っている者ならば、まず意見などしようとはしない。わざわざ不興を買って、命を危険にさらすような真似は普通の人間であれば避ける。

けれども、桧山だけはそうではなかった。幼少時より貴仁に仕えて教育係を務めている老人は、主君というよりも、孫を扱うように接してくる。そして、「もう充分に生きている」と命を惜しんでもいない。貴仁にとっては、唯一やりにくい相手である。

案の定桧山は、「惜しむとすれば、貴仁様のお子様を見られないことですね」と、目尻のしわを深くし、貴仁の視線を受け止める。

「貴仁様、あなた様がご自身にこれから起こる事態を案じて、わざと千緒里様と距離を置かれておられるのは承知しています。ですが、千緒里様は吉祥の証……数百年に一度しか現れないと言われている『天女花』をその身に開花させたお方です。何もかもを諦めるよりも、今ある現実に向き合われてはいかがでしょうか」

「希望を多分に含んだ見解だな。だがあいにく俺は現実主義者だ。数百年に一度の吉祥の花嫁が現れようが、都合のいい夢想などしない」

桧山の言を切って捨てると、貴仁は車窓に視線を逃がした。

——名を呼べば、情が湧くだろう。

己の役目は、ただこの呪われた血を次代に継ぐのみ。千緒里が子を産むだけの器だというのなら、貴仁自身もまた次期当主を誕生させるためだけの存在でしかない。

——『心を通わせた夫婦になりたい』か。

貴仁は、初夜が明けた朝、千緒里に告げられた言葉を思い出す。

口づけさえせず、ただ快楽だけを与えて身体をつなげた。にもかかわらず、千緒里は咎めるどころか夫婦として歩み寄りたいと、心を通わせたいと言ったのだ。しかし、普通の男であれば叶えてやれるだろう願いを、貴仁が叶えることは難しい。

情を交わせば、執着してしまう。あの美しく凛とした己の妻に。そうなれば、互いに不幸になることは目に見えていた。

——あれも、俺の正体を知ればそんな思いすら抱かなくなる。

車窓には、吹き溜まりに落ちた花びらが風に揺れ、桜の絨毯のように夜道を飾っているのが見える。美しく咲き誇っていた桜の儚くも潔い散り様は、貴仁の心に暗い影を落とす。自分自身の散り際が、桜とは似ても似つかないものになるとわかっているからだ。

しばらく車窓を眺めていると、やがて屋敷の敷地に車が入った。本邸の玄関に横づけされた車から降りた貴仁は、屋敷には入らずに庭へと向かう。

「貴仁様、どちらへおいでですか？」

「蔵だ」

桧山に短く答えると、貴仁は宣言通りに蔵へと向かう。

本邸の裏を回り、竹藪の中を月明かりを頼りに進むと、広大な敷地内の片隅にひっそりと隠れるようにして建つ土蔵作りの蔵がある。

存在を忘れ去られた寂しい場所にある建物だが、セキュリティは最新のものを使用していた。貴仁が指紋認証のモニターに自身の指を当てると、第一の扉の解錠音がする。なんの感情もなく第二、第三の扉を解錠して内部へ入ると、地下へ続く階段を下っていく。時代がかった外装に反し、蔵の中はコンクリートで覆われていた。たとえ内部で何が起ころうとも、外に声が漏れないよう防音され、決められた者だけが入室できる空間だ。

階段を下りた貴仁は、最後の扉を解錠する。そこは、四方がコンクリートで固められた部屋だった。ひどく圧迫感がある室内のその中心、天井に埋め込まれたダウンライトが照らした先には、巨大な鉄格子の檻があった。

「ぐるる……っ」

檻に近づくと、中にいる者が人ならぬ呻き声を上げて貴仁を威嚇する。

首と手首を鎖でつながれ、檻の中にいるのは異形の者だった。自身で引き裂いた衣服から覗く皮膚は、焼けたように爛《ただ》れており、頭蓋には二本角のようなものが生えている。肩甲骨は変形し、翼のような形に隆起していた。

人間ではありえない姿で異臭すら放つ異形の者へ、貴仁は声を投げかける。

「もう人の言葉もわからないだろうが……俺は結婚しましたよ、父上。あなたの妻と同じ、『天女の刻印』を持つ女です」

貴仁が『父上』と呼んだ異形の者は、やはり言葉が通じていなかった。代わりに敵意を剝き出しにして、ここから出せというように両手で鉄格子を握る。しかし次の瞬間、獣の咆哮《ほうこう》を思わせる苦悶の声を上げ、その場に倒れ込む。鉄格子には有刺鉄線が張り巡らされ、逃亡防止の電流が流れているため、触れれば激痛が走るのだ。

「ぐううううう……っ」

忌々しげに唸り貴仁を見上げる異形の者の目は、鈍い金色の光を放っている。

「いずれわが身、か」

鬼王家の当主にかけられた呪いを前に呟くと、貴仁は踵を返して立ち去った。

＊

自室のソファでうたた寝をしていた千緒里は、部屋のドアをノックする音で目を覚ました。返事をすれば、「旦那様がお戻りになりました」と富樫の声が聞こえる。

「わかりました。ありがとうございます」

ソファから身を起こして答えると、気だるい身体を叱咤するように頭を振る。

貴仁に連日連夜抱かれているため、このところ常に倦怠感に襲われていた。おかげで昼間は病人のように寝床から出ることなく過ごし、怠惰な日々を送っている。

この一週間、千緒里は夜になったら貴仁に抱かれ、昼間は泥のように眠る生活をしていた。富樫の用意してくれた食事をとり、何をするでもなく疲労に任せてまた眠る。自ら動かずともすべてが整えられた中での生活は、まるで人形のようだ。

艶のある黒髪を緩くひとつに纏め、ため息をつく。

今千緒里が着ている服も、あらかじめ鬼王家が用意し、クローゼットに収納されていたものだ。その中から富樫が選び、入浴後に千緒里に渡してくれる。今日はスカラップ襟のカットソーとニットスカートという装いで、いずれも上等な品である。着心地もよく、好みにも合致していた。

鬼王家での生活は快適だ。ただしそれは、客として滞在している場合だが。

——このままではいけない。貴仁様とも、まったく会話できていないし……。

夫婦として、少しずつでもいいから歩み寄りたい。そう思うのは、産まれたときから貴仁の許嫁となった千緒里にとって、唯一抱く願いであり希望だ。

この婚姻は自分の意思に関係なく定められたものだが、これからは自ら道を選びたいと思っている。

——あの人も、そう言っていた。

テーブルの上に置いていた日記帳の中からしおりを取り出し、そっと胸に抱く。それは、千緒里が昔、とある人物にもらったたんぽぽを押し花にして作ったしおりである。もう顔すら思い出せないが、その人物と交わした短い会話は千緒里の宝物になった。

『もしもおまえに望みがあるなら、誰に遠慮することなく意思を貫けばいい。誰のものでもない。おまえの人生だ』

当時、まだ五歳だった千緒里にはよく理解できなかったが、その言葉は妙に心に刺さるものだった。時が経ち、意味を理解した今では、たんぽぽのしおりを見るたびに勇気づけられている。

千緒里はしおりを日記帳に挟んで部屋を出ると、貴仁の部屋を訪ねた。少し緊張して扉をノックし、返事を待つ。すると少し間が空き、「入れ」と告げられた。

「……失礼いたします」

緊張してドアを開けると、スーツ姿の貴仁が立っていた。

彼の部屋に入るのは初めてだったが、千緒里の自室と造りは変わらない。違うところといえば、壁一面に備え付けられている書棚と重厚な執務机が置いてあることだ。プライベートルームというよりは、執務室のような雰囲気である。

「何か用か」

「……お話があります。この一週間、その……寝室でお会いするばかりで、ちゃんとお話をしていなかったので」

「不都合はないだろう。俺の考えは伝えたはずだ」

貴仁の返答はにべもない。冷たい眼差しを注がれて怯みかけるも、千緒里は自身の考えを彼に訴える。

「わたしは、貴仁様の妻として一生生きていくと決めてここにいます。この先、跡継ぎが産まれてお役目を果たしたとしても、わたしはあなたの妻です。だから、ちゃんと貴仁様と向き合いたい。そう願うのは、いけないことなのですか?」

千緒里は視線を逸らさぬまま、彼に一歩近づいた。しかし次の瞬間、貴仁の左目が金に光ったかと思うと、強引に壁に押し付けられた。

「あっ……！」

服を引き裂かれブラがあらわになると、乳房を強く揉み込まれる。突然の行動に驚いて彼を見上げると、喰らいつくように唇を奪われた。

「ンンッ……」

閉じていた唇を舌でこじ開け、男が舌を差し込んでくる。驚いて距離を取ろうとした千緒里だが、顎を固定され、彼と壁に挟まれているため逃れられない。

貴仁は逃げ道を完全に塞ぐと、口づけを解かぬままブラを押し上げた。弾み出たふくらみを力任せに揉みしだき、乳頭をぐりぐりと扱く。千緒里はなされるがままの状態で、がくがくと膝を震わせた。

「んっ、ん……んぅっ、ん！」

彼に与えられる刺激は乳房だけに留まらない。口腔に入り込んだ舌先に歯列から上顎にかけて舐められて、腰が甘く痺れてくる。

——どうして、キスなんて……。

抱かれてはいたが、こうして口づけをされたことは今までにない。彼は肌には痕がつくほどキスをするのに、唇には頑にしなかった。それだけに戸惑いが深くなる。

「ん、ふぅっ、ぁ……んっ、ぅ」

舌を搦め捕られて表面を擦り合わせられると、慣れない感触に背筋がぞくぞくとする。滑った舌が頰の裏を撫で、舌の付け根を突いてくる。吐息すら奪うように深く角度をつけ

て合わさる唇に、傲慢なほど口腔を嬲る舌先に、千緒里は翻弄されていた。

——苦しい、のに……心地いいなんて……。

舌を絡ませ唾液が溜まると、くちゅくちゅとそれを撹拌《かくはん》される。淫靡な音に煽られるように肌が火照り、心臓が速いリズムを刻む。いつしか足の間に欲情の印が滴り始め、ショーツに染みを作っている。彼によって拓かれた身体は、与えられる快楽に敏感になっていた。

「は、ぁっ……ンッ、ふぅっ」

貴仁の口づけは、冷静な見た目とは違ってとても激しい。だが千緒里は、そのことが嬉しかった。こうして感情を見せてくれることは、無視をされるよりずっといい。一線を引かれるよりも、まだ向き合えている気がする。

千緒里は、おずおずと彼の背中に腕を回した。驚きや戸惑いはあるが、貴仁に触れられることに嫌悪はない。言動は冷たくとも、彼にひどい扱いをされたことはないからだ。

「っ……！」

しかし貴仁は、千緒里がキスを受け入れる仕草を見せると我に返ったように唇を離した。そして自身の髪をぐしゃぐしゃと乱し、大きく息をつく。

「……不用意に近づくな」

「なぜ……ですか？」

「おまえを前にすると血が騒ぐ。――天女を犯せ、とな」

貴仁はネクタイを緩めると、ソファに身を沈めた。性衝動を堪えるように両手で目を覆い、嫌悪感もあらわに続ける。

「鬼王家の当主は、『天女の刻印』を持つ花嫁に対し、意思に関係なく欲情する。当主は天女を犯した始祖の血を、刻印を持つ女は天女の血を色濃く継いでいるからだ。……その昔は、初潮を迎えたばかりの少女を花嫁にして犯したらしい。まるで獣だ」

それは、鬼王家に残されている文献に記されている事実だと貴仁は語った。しかし、現代社会においてそのような非道を行えば外聞が悪い。そうして生まれたのが、『婚姻を結ぶまでは会わない』というしきたりだという。

「……では、貴仁様が毎夜わたしと過ごされているのは、跡継ぎのためだけでは……」

「跡継ぎのためもあるが、おまえといると抗いがたい欲望に襲われる。俺の中に流れる浅ましい血がそうさせている」

だから貴仁は、千緒里と距離を縮めようとしなかった。これまでの言動から、彼が鬼王の血とこの婚姻を快く思っていないことは感じていた。それでも身体をつなげていたのは、跡継ぎを残すという当主の使命感と、何よりもその身に流れる血のせいだったのだ。

――わたしは、ただの器でしかない。それでも……。

「貴仁様がわたしを必要とされるのであれば、妻として応じます」

千緒里は胸の痛みを覚えつつも、毅然と彼に告げた。それは、この家に嫁いだ者としての使命感からではない。自分自身がそうしたいと思った。初めて吐露された彼の心情に、寄り添いたかったのである。

おそらく彼が千緒里を遠ざけるのは、傷つけないようにするためだ。己の血を嫌悪し、それでも本能に抗えない。貴仁からは、そんな自分を唾棄しているような印象を受ける。それは千緒里の希望を含んだ見解ではなく、確信だった。

「愚かだな」

話を聞いた貴仁は、自分の顔から手を離した。ゆっくりと千緒里に据えられた瞳は漆黒に戻っていた。だが、初夜で見せたようにわずかに揺らいでいる。

「敬称はよせ」

「え……」

おもむろに放たれた言葉の意味がわからずに首を傾げると、貴仁が「敬称をつけられると仕事をしている気分になる」と、素っ気なく言った。

千緒里は、そこでようやく彼の言わんとしていることを理解し、笑みを零す。

「……では、貴仁さんと呼ばせていただきます」

彼は千緒里の名をまだ一度も呼んでいなかった。だが、〝敬称はよせ〟という命令は、貴仁が歩み寄ってくれた証だろう。たとえ名を呼ばれずとも、今はそれでいいと思う。

——少しずつでいいから、こうして近づいていけるといいな……。

婚約中に送られてきていた貴仁の写真は、いつもしかめ面だった。けれども、実際に相対してみると、また印象が変わる。端整な顔を不機嫌に歪めていても、その中には複雑な感情が渦巻いている。そのことに気づけたのが嬉しく、胸の中があたたかくなる。

「あ……そういえば、お食事はもうとられましたか？　もしまだなら、一緒に……」

そう言ってドアを開けた千緒里だが、ぐらりと視界が歪んだ。立っていられずにずるずるとその場にしゃがみ込むと、貴仁の怪訝そうな声が聞こえる。

「どうしたんだ？　……おい!?」

貴仁の声を最後に、千緒里は意識を失った。

——あれ？　わたし……いつの間に眠っていたんだろう。

目を覚ますと、そこは貴仁の部屋ではなく寝室だった。朦朧とする意識の中ゆるりと視線を巡らせると、座椅子に腰を落ち着けている貴仁がいた。

「た、かひと、さん……？」

「気づいたか」

彼は読んでいた本を閉じると、千緒里に目を向けた。

「医者は過労だと言っていた。熱が出ているからおとなしく寝ていろ」

貴仁の話によれば、千緒里が眠っている間に、鬼王家専属の医師を呼んで診察をしたらしい。慣れない環境に身を置いたことで疲労が蓄積し発熱したようだが、安静にしていれば問題はないという。

「……ご迷惑をおかけして申し訳ありません」

「刻印を持つ花嫁の体調管理を怠ったのは、俺の落ち度だ。悪かった」

苦渋に満ちた彼の表情に、千緒里は驚いた。「貴仁さんのせいではありません」と告げると、「それは違う」と貴仁が首を振る。

「ろくに休ませもせずに、毎晩抱き潰した。女の体力も考えずに……それこそ獣だ」

「で、も……それは……」

貴仁の中に流れる鬼王の血が、『天女の刻印』を持つ女を求めているからだ。彼自身の意思ではないのだから、しかたのないことだと千緒里は思う。

「……貴仁さんは、今わたしといて……つらくないのですか?」

「おまえはよけいなことは気にせず休め。とりあえず俺は、自分の部屋に行く」

千緒里の問いに、彼は明言を避けた。それはつまり、貴仁が己の本能と戦っていることの証明ではないのか。

初夜が明けた朝に貴仁は、千緒里を〝跡継ぎを産ませるための女〟だと認めた。だが、果たしてそれはこの男の真意なのか。花嫁をただの器だと思うのなら、本能に抗うことなく抱けばいいだけだ。欲望を堪える必要も、苦渋に満ちた表情を浮かべることもない。

「ありがとうございます……。体調が戻ったら、きちんと務めを果たします」

千緒里の発言を聞いた貴仁は、虚をつかれたように目を瞠った。

「……見上げた根性だが、それならまず体力をつけることだな。おまえの食欲が落ちていると報告を受けている。それに、当主の妻の務めは抱かれるだけじゃない。……半月後、鬼王家主催のパーティーがある。おまえも俺のパートナーとして来い」

「わたしが……一緒に行ってもいいんですか?」

「だからそう言っている。今度ドレスを選びに連れて行くから、そのつもりでいろ。それまでに体調を整えておけ」

貴仁はそう言うと、今度こそ部屋を立ち去った。おそらく、これ以上一緒にいれば、彼の理性が揺らいでしまうのかもしれない。

――大事なことは聞けなかったけれど……少しだけ、貴仁さんの心に触れた気がする。

冷酷とも取れる彼の言動の裏にあるのは、鬼王家への嫌悪。それだけではなく、必要以上に千緒里と距離を縮め、本能のまま天女の末裔を犯すことを忌避している。

――不器用な、人、なのかも。

甘言を用いて、千緒里を言いなりにさせることもできるはずだ。それなのに貴仁は、自身の状況を語って突き放した。それは、彼自身のためというよりも、千緒里を慮っての行動に思える。もちろん、多分に希望を含んだ見解であることも否めないが。

「ドレス……一緒に選んでくれるんだ」

嫁いできたときに普段着から晴れ着までを準備していた鬼王家であれば、千緒里が出かけずともドレスを用意できるはずだ。だが、あえてそうしないのは、ずっと外出をしていない妻を貴仁なりに気遣ってのことだろう。

――楽しみだな。

熱で身体は怠かったが、心は軽やかに弾んでいる。千緒里は結婚してから初めて自然に、微笑みを浮かべていた。


一週間後。千緒里は貴仁とともに、黒塗りの高級車に乗っていた。パーティー用のドレスを購入するためである。

結婚してから初めて彼と外出するとあり、少しだけ緊張している。実家にいたときも、滅多に出かけることがなかったからなおさらだ。ちらりととなりに座る貴仁を見ると、上品な仕立てのスリーピーススーツがよく似合っていた。こうして明るい時間から彼と顔を合わせること自体少ないため、美しい夫の姿につい見惚れてしまう。

——富樫さんに服を選んでもらってよかった。

今日の外出にあたり、千緒里はクローゼットの中に収納された大量の服の中から、最適な服は何かを富樫に相談した。貴仁とドレスを選びに行くと説明したところ、彼女はシンプルな白のプルオーバーに、花柄のシフォンスカートがいいとアドバイスしてくれた。それにフェミニンなパンプスを合わせ、春らしい装いになっている。

すっかりデートをするような気分になり、桧山の運転する高級車で店に向かう道中も、つい頬を綻ばせてしまう。すると、となりに座っていた貴仁が、怪訝そうに声をかけてきた。

「……たかがドレスを見に行く程度で、なぜ笑っているんだ？　おまえは」

「わたし、こうして出かけることが極端に少なかったんです。いろいろと行動を制限されていたので……だから、嬉しくて」

貴仁に指摘された千緒里は、気恥ずかしさを覚えながら学生時代のことを語った。

鬼王当主の花嫁になるため、小中高と外に遊びに行くことも許されず寂しい学生生活だったこと。異性との接触は特に厳しく禁じられ、クラスメイトや教師に至るまで女性ばかりだったことなどを話して聞かせる。

「今日も遊びに行くわけではないとわかっていますが、貴仁さんとお出かけできるのを楽しみにしていました」

「当主の許嫁にならなければ、普通の生活を送れたというわけか。鬼王に人生を狂わされた憐れな女だな」

「そんなことありません。不自由はありましたけど、鬼王家は実家を厚遇してくださいました。それに……幼いころ、貴仁さんの花嫁になれることが嬉しかったんです」

初めて貴仁の写真を見たとき、千緒里は六歳だった。そのとき初めて両親から許嫁の存在を聞かされ、「将来はこの方のお嫁さんになるのよ」と、彼が中学に入学したときのものと卒業したときの写真を渡された。

貴仁の写真を見た千緒里は、まるで物語の王子様のようだと思った。不機嫌そうな顔は恐ろしかったが、それよりもドキドキと胸を高鳴らせたことを覚えている。

「そのころわたしは、貴仁さんを王子様なんだと思っていました。花嫁になることを聞かされて、自分がお姫様になれるような気持ちだったんです。たぶん、あのとき……写真の中の貴仁さんに、恋をしたんです」

それは、物語の中の王子様に憧れたり、テレビで見たアイドルに焦がれる気持ちに似ている。初恋と呼ぶには淡い感情だが、千緒里の心を揺さぶったことに変わりはない。

「……写真が初恋なんてばかばかしい」

すげなく答えた貴仁だが、その声に刺々しさはなかった。そのことに安堵したとき、車が高級ブランドショップの前で停車する。すでに貴仁の来店を聞き及んでいるのか、入り口の前には店員が揃ってこちらに頭を下げていた。

「行くぞ」

先に車を降りた貴仁に続くと、店員は仰々しい様子でふたりを出迎えた。ＶＩＰルームに通された彼は、「用意はできているか」と、女性の店員に声をかける。店長らしいその女性は、部屋の中にあらかじめ準備していたハンガーラックを指し示した。

「奥様のサイズと、鬼王様のご希望のデザインをご用意させていただきました」

「それならいい。しばらく人払いを。用があればこちらから呼ぶ」

「かしこまりました」

店長は深々と頭を下げると、店員を伴って部屋を後にした。ふたりきりになって戸惑っていると、貴仁がおもむろにラックにかけられている数着のドレスのうちの一枚を千緒里に差し出した。

「とりあえず、これを着てみろ。サイズは問題ないはずだ」

貴仁が選んだのは、シャンパンゴールドのシアースリーブドレスだった。デコルテから袖にかけて透け感があり、上品な花柄が肌に映えるデザインだ。ハイネックの首元にはリボンが付いていて、背中で結べるようになっている。

「ありがとうございます……では、試着室に……」

「必要ない。ここで着替えろ。なんのために人払いをしたと思っている。それに、おまえの裸はもう散々見ているんだ。今さら何を躊躇することがある」

抑揚なく告げられた千緒里は、赤面して固まった。貴仁の言うことは間違っていないが、いくら肌を合わせた夫婦とはいえ、人前で着替えるのは恥ずかしい。しかし、そういった女心など、彼はまったく意に介していないようだ。

けれど異議を唱えたところで、貴仁は聞き入れないだろう。これまでの彼の言動でそう悟った千緒里は、ドレスを受け取った。そして、部屋の隅にあるパーティションに身を隠し、「ここで着替えます」と彼に告げる。

パーティションの裏には大きな鏡があり、自分の姿を確認できるようになっている。もともと部屋に備え付けられたものではなかったため、貴仁の来店を知った店員が準備したのかもしれない。

――このドレスのデザイン、すごく可愛いな。

服を脱いでドレスに袖を通した千緒里は、しげしげと鏡に映るドレスを眺めた。先ほど店長が貴仁の希望のデザインだと言っていたことから、彼が事前に希望を伝えていたことが窺える。

――でも、どうしよう。背中のファスナーが上げられない。

背中が開いた状態でおろおろしていると、鏡に貴仁の顔が映り込む。驚いて振り返ったものの、近づいてきた彼は冷静だった。「後ろを向け」と、千緒里に背中を向かせると、ファスナーを上げてくれる。

「ありがとうございます。あの、このドレス……すごく素敵ですね」

「気に入ったならそれにすればいい。ほかにも用意させているから、気になるものがあれば着てみろ」

「いえ……このドレスでいいです。たくさん着たら、迷ってしまいそうですし」

買い物慣れをしていないため、〝選ぶ〟という行為に戸惑うのだ。これまで手厚く保護されて生きてきたがゆえの弊害ともいえる。

「それは、おまえの好みに合っているのか？」

「は、はい。ひと目見て、可愛いドレスだと……」

「それならいい。……もしまたドレスが必要になった場合は、今度はおまえが選べ」

「えっ……」

「鬼王のせいで、まともな生活を送れなかったんだ。学生時代はもう取り戻せないが、今からでも楽しいと思えることをしていけばいい」

それは千緒里にとって、まったく予想外の言葉だった。先ほど車中で語った学生時代の話を、気にしてくれていたのだ。

貴仁のせいではないというのに責任を感じ、『今からでも楽しいと思えることを』しろという。冷たい言動をとる男が見せたやさしさに、千緒里は頬を緩ませた。

「……では、そのときは一緒に出かけてくれますか？　貴仁さんと一緒のほうが、きっと楽しいと思います」

「おまえ……」

わずかに瞳を揺らがせた貴仁は、自身の左目を覆うように手をあてた。呼吸は荒くなっていて、明らかに異変が生じている。その場に屈み込んだ彼を見て千緒里は驚き、彼を支えるように背中に触れる。

「体調が悪いんですか？　すぐにお店の人を呼んで……」

「必要ない。……この症状を治せるとしたら、おまえだけだ」

覆っていた手を外した貴仁の瞳は、金に光っていた。ぞわり、と怖気が走ったと同時に一歩後退すると、男の手に強引に引き寄せられる。

彼の目が金に光るとき、それは獣になる合図だ。寝室でもう何度も見ていることで、身体と心に刻まれている。こうなればもう、貴仁が満足するまで抱かれるしかない。

——でも……。

「貴仁、さん……お店の中ですから……」

遠慮がちに声をかけた千緒里だったが、男を止めることはできなかった。ドレスのファスナーを引き下ろされると、身体を反転させられる。正面にある鏡には、金の瞳を宿した貴仁が、鏡越しに千緒里を見ていた。

「人払いしてあるから問題はない。今までは屋敷の中だけだったが、たまにはこういう趣向もいいだろう。自分の乱れる姿を見るのも一興だ」

「あ……っ」

ブラのホックを外した貴仁は、千緒里の肩からドレスを引き下ろした。驚いて振り返ろうとすると、髪を避けた彼がうなじに吸い付いてくる。舌を這わせられてぞくりとしたとき、薄手のシアースリーブが腕から抜け落ち、ドレスが足元に広がる。

「ド、ドレスが……汚れてしまいます」

「どうせすべて買い取る。それより、よけいなことを気にしている暇があるのか？」

高圧的に言い放ち、貴仁が首筋に唇を寄せた。ストラップレスのブラを床に抛り、剝き出しになった乳房を鷲づかみにする。ふくらみに指を食い込ませられた千緒里は、意識に反して甘い声を漏らしてしまう。

「や、ぁっ……んっ」

男の手によって淫らな形に変えられた乳房が鏡に映り、思わず目を逸らす。すると、耳朶に唇を寄せた貴仁は、咎めるように乳頭を抓った。

「ひゃっ、ンンッ！」

「目を逸らすな。誰がおまえの身体を拓いたのか、しっかり見ておけ」

傲慢に言い放ったかと思うと、耳朶を甘嚙みされた。ちろちろと舌で舐められ、その感触に肩を震わせている間にも、指でこりこりと乳首を扱かれる。

——本当に、こんな場所でするの……？

いくら人払いしているとはいえ、絶対に人が訪れないという保証はない。高級店のＶＩＰルームでする行為ではないし、もし誰かに見られれば貴仁とて立場がないのではないか。

「お願……貴仁さ……これ以上、ここじゃ……あっ……！」

懇願した千緒里だったが、貴仁の舌が耳孔に入ってきたことで言葉が途切れた。

唾液を纏った舌先が蠢き、卑猥な水音が鼓膜を犯す。その音は脳まで浸透し、ぐらぐらと理性を揺さぶった。

初夜以降、千緒里の身体は変わってしまった。無垢な身体は快楽を覚えたことで、貴仁に触れられると淫らな熱を持つ。男の欲情にあてられて蜜口は潤み、女の悦びを貪ろうとひくついている。

しかし、浅ましい反応を恥じ入る間もなく、貴仁は千緒里を堕としにかかる。耳孔で舌を遊ばせながら、胸の尖りをぐりぐりと擦る。どの程度の力で千緒里が感じるのかを、男は熟知していた。痛みを与えない絶妙な加減で乳首を責められ、疼痛が広がっていく。

「見ろ。口で嫌がっても、おまえは少し触れれば発情する。そうなるように俺が仕込んだ」

「貴仁さ……いやぁっ……んっ、あぁっ」

ショーツだけしか身に着けていない状態で、いいように胸をまさぐられる自分の姿が鏡に映り、千緒里は全身を羞恥に染める。彼の言うように、発情した女の顔だ。いじくられた乳頭はいやらしく勃起し、潤んだ瞳と上気した頬は、直視できないほど欲情していた。

自分の姿を見たくなくて、千緒里はぎゅっと目を閉じる。すると貴仁が、胸をまさぐっていた片方の手を腹部へ下ろし、ショーツの中に侵入させた。

「胸だけでこれだけ濡らすとは、淫乱になったものだ」

「あっ、い、やぁ……っ」

淫蜜で濡れた割れ目に指を沈ませた貴仁は、躊躇せず花蕾を指で摘まんだ。快感に震えていたそこを押し擦られ、千緒里の瞼の裏に閃光が走る。

「は、ぁっ、ぅ！」

もっとも弱い部分を容赦なく暴かれ、下肢が甘く痺れた。蜜口からはとろとろと淫液が零れ落ち、ショーツをぐっしょり濡らしている。胸と淫芽を同時に虐められた千緒里は、強烈な快楽にただ耐え忍ぶだけだった。

ここがどこなのかも忘れ、貴仁の淫戯に堕ちていく。ぬちぬちと下肢から響く淫音は大きくなっていき、愉悦がどんどん深くなる。蜜洞では熱が渦を巻き、男の侵入を待ちわびているかのように肉襞が微動していた。

「欲しいか？　俺が」

貴仁の低い声が耳朶を打つ。身体はすでに熟れていて、すぐにでも男を受け入れられる状態だ。首肯しかけた千緒里だが、最後に残った理性で押し留まった。鏡越しに彼を見つめると、自身の想いを口にする。

「心、が……貴仁さんの、心が欲しい、です」

身体をつなげても、心はまだ遠い。少しは近づいていると思いたいが、もっと彼のことを理解したい。さらに言うなら、貴仁に信用されたかった。

――貴仁さんは、わたしを完全に信用していないから……教えてもらえないことが多い。それが、寂しい。

貴仁の父がなぜ不在なのか。彼が言った『もう長くない身』とは、どういう意味があったのか。そして、なぜ瞳が金に光るのか。聞きたいことは多々あれど、問うても彼は答えてくれない。

それなのに、時折やさしさが垣間見える。体調を崩してからしばらくは、夜の務めから解放されていたし、今日の外出もそうだ。

だから千緒里は、知りたかったのだ。自分の夫が、何を考え、何を求めているのかを。

「心など無意味だ。それに与えたところで、おまえが苦しむことになる」

「そ、れは、どういう……」

貴仁は真意を語ることなく、ショーツから手を引き抜いた。蜜をたっぷり含んだ布を横へずらすと、自身の前を寛げた。

ひたりと押し付けられた熱塊は、かなりの硬度を持っている。つい総身を震わせたとき、腰を強く抱き込まれる。

「心はいらない。愛も必要ない。身体だけつながっていればそれでいい。そのほうが、互いのためだ」

吐き出された男の言葉は無情だった。しかし千緒里は、貴仁が正反対の想いを抱えているのではないかと感じる。強く否定しながらも、この男は心や愛を欲しているのではないか。冷淡な声色の内側に本心が潜んでいる気がして、鏡越しに彼を見つめたときだった。

「おまえの身体が欲しているものを与えてやる」

貴仁はそう言って、背後からぬかるみの中に己を突き入れた。嵩高な肉の塊が胎内に侵入する感触に、千緒里が嬌声を漏らす。

「んっ、あぁっ！」

それまで施された愛撫で潤っていた蜜部は、悦んで雄茎に絡みつく。蜜壁が男の形いっぱいに拡がっていき、とてつもなく大きな淫悦に苛まれる。

身体はすでに貴仁に陥落し、従順に淫悦を貪っていた。射精を促す動きで蜜筒が肉槍を圧搾し、それがまた千緒里自身の快楽となっている。

「おまえは、抱けば抱くほど俺に馴染んでくる。……気を抜くと溺れそうだ」

貴仁の雄は蜜洞を押し上げるように膨張し、媚肉を抉る。彼は以前、『鬼王の当主にとって、「天女の刻印」を持つ女との性交は、得も言われぬ快楽をもたらすと言われている』と言っていたが、それは千緒里にとっても同じだった。

貴仁が初めての人だから、ほかの人と比べることはできない。だが、彼に抱かれると身体が悦ぶ。彼が、千緒里に快感だけを与えるよう愛撫を施しているからだ。

自分勝手な性交をしているようでいて、触れる手には気遣いがある。だから、いっそう深い悦予に呑み込まれてしまう。

「貴仁さ……っ、んぁっ……ぁああっ！」

胸の先端を擦りながら、ごりごりと最奥を削ってくる。肉傘に抉られた肉襞は歓喜にわななき、際限のない悦びの滴を垂らしている。

「そんなに大声を上げていると、店員が飛んでくるぞ」

投げかけられた言葉に息を詰めると、貴仁が胸を弄っていた指で千緒里の唇を撫でた。初めて見る彼の仕草に戸惑ったとき、強引に口の中に指を入れられる。

「ん、ぅっ！」

指で舌を撫でられて息苦しくなったのもつかの間、貴仁に体内を穿たれて呻きが漏れる。彼の指は、口づけをするときの舌の動きそのままに、千緒里の口腔を犯していく。頬や舌を隈なく巡る指を無意識に吸えば、内壁の弱い箇所をぐりっと雄槍で突かれた。

「ンッ、んんんっ……んぅっ」

「その調子でしゃぶっていろ。歯は立てるなよ」

右手で口腔をまさぐられ、もう片方で乳房の形が変わるほど揉み込まれると、蜜口がぎゅっと収縮した。

彼は自らを圧搾する膣奥の感触を堪能していた。鏡越しに見る男の左目は爛々と輝き、通常の不機嫌そうな姿は鳴りを潜め、交合に耽溺しきっている。整った顔に浮かぶ喜色は恐ろしいほど魅力的で、千緒里は何も考えられなくなってしまう。

「んっ、ふぅっ……んぅ、んんっ！」

身のうちに男の猛りを収めながら、夢中で指をしゃぶる。舌を指に巻き付けて吸引すると、なぜか中にいる貴仁自身の硬度が増した。

「いやらしい女だ。教えずとも、男を煽る術に長けている」

貴仁は千緒里の口中から指を引き抜き、乳房を摑んだ。次の瞬間、今までよりも腰の動きを速めて最奥を穿つ。

「あ、ああっ！」

抽挿が速まると、肉を打つ音が大きくなる。鏡に映るふたりの姿は獣じみていた。彼はよく自身を獣にたとえるが、こうして抱かれている千緒里の姿もまた貴仁と同じ獣だ。

ふたりの違いはただひとつ。千緒里は貴仁自身を、彼は『天女の刻印』を持つ女を求めている。その相違は、海よりも深く山よりも高い隔たりだろう。

男の雄茎が、凶暴なまでに女筒を行き来し、撹拌された淫蜜がぐちゅぐちゅと音を鳴らす。千緒里は彼に激しく貫かれながら、ほんのわずかに寂しさを覚えた。

＊

貴仁が欲を胎内に注ぎ込んだと同時に、千緒里は意識を失った。

昂りが収まらないまま自身を引き抜いた貴仁は、千緒里をソファに横たわらせた。彼女が着ていた服を身体にかけてやり、身支度を整えてから電話をかける。車で待たせている秘書の桧山にである。

「〝発作〟が出た。抑制剤を持ってすぐＶＩＰルームへ来い」

端的に命じると、変色している左目を押さえた。

千緒里を抱いていたとき、己の左目は醜く変化していた。こうなると、視界が眩んで本能が呼び覚まされる。それは、千緒里を——天女を犯し尽くすまで収まらない。鬼王家当主独特の症状で、呪いの一種といえる。

「貴仁様、抑制剤をお持ちいたしました」

駆けつけてきた桧山に錠剤を差し出された貴仁は、受け取って口中でかみ砕く。それは、千緒里に使った古の媚薬と同様に、鬼王家に伝わっている秘薬である。これを服用することで、その身に巣食う呪いが〝わずかに〟抑制されるという代物に過ぎないのだが。

「不完全な代物でも、ないよりはましだな」

ひとりごちた貴仁の左目には、すでに金の光はない。底なし沼のような漆黒の瞳でソファに横たわる千緒里を見遣ると、桧山が遠慮がちに声をかけてくる。

「このあとは、いかがなさいますか？」

「屋敷に戻る。店にはこいつが体調を崩したと適当に説明しておけ。それと、ドレスはすべて買い取る。それに合わせてアクセサリーやバッグも見繕わせろ」

「かしこまりました」

命じられた桧山が一礼し、部屋を出る。上着を脱いだ貴仁は、千緒里の身体を包み込んで抱き上げた。そのまま何食わぬ顔でＶＩＰルームを出ると、誰にも会うことなく車までたどり着いた。おそらく、優秀な秘書がそう取り計らったのだろう。

後部座席に千緒里を乗せ、自分の膝を枕にして寝かせた。薬のおかげで、今は激しい性衝動は落ち着いている。その代わりに胸に渦巻くのは、己の中に流れる呪われた血に対する憤りだった。

〝発作〟が出なければ、千緒里をもっといろいろな店に連れて行く予定だった。屋敷にこもってばかりでは気が滅入るだろうから、少しでも外の空気を吸わせたかったのだ。

——それが、このザマか。

ぴくりとも動かず寝入る千緒里を目に映し、貴仁は心の中で己を嘲笑う。

今日は、朝から抑制剤を飲んでいた。だから千緒里を前にしても、平静を保っていられた。それなのに、彼女が言ったひと言が抑制剤の効果を取り除き、貴仁の本能を呼び覚ましてしまった。

鬼王家のせいで不自由な生活を強いられてきた千緒里に対し、『楽しいと思えることをしろ』と告げると、返ってきたのは『一緒に出かけて』というささやかな希望と、夫への愛情を感じさせる言葉。

『貴仁さんと一緒のほうが、きっと楽しいと思います』

彼女の言葉を聞いた貴仁は、胸の内側がたとえようもなくむず痒くなった。何度身体を穢そうとも、今ある状況を受け入れようと健気に情を向けてくる女が愛おしくなった。

だが、そんな甘酸っぱい想いは、本能の叫びに霧散してしまう。

天女を孕ませろ。天女を犯せ、犯せ、犯せ——。

自分ではない〝何者か〟……脈々と受け継がれてきた咎人の血が、貴仁の意識を元始へと塗り替える。人ならざる者の持つ色へ眼を変化させ、ただ天女に焦がれる愚物へと堕としていく。

けれども、貴仁が嫌悪するのは先人の穢れた血だけではない。衝動に打ち克つことのできない己に対してもだ。

千緒里を愛しいと思う気持ちがあるからこそ、今日は外出をした。しかし、この情は果たして貴仁自身のものなのか、それとも天女に執着する穢れた血が見せる錯覚なのか、判別できないでいる。

――おまえは、俺を憎んでもいい。それなのに、なぜ夫婦として在ろうとするんだ。

眠っている千緒里の頬に指を滑らせ、心の中で問いかける。

貴仁の母――葉子は、千緒里とは正反対の女だ。十六歳になったばかりで鬼王当主に無理やり嫁がされ、貴仁を産んだ。そういった経緯から夫婦仲は悪く、むしろ前当主を恨んでさえいる。望まぬ婚姻を結び、人ならざる力を身に宿した〝化け物〟を――貴仁を産んだことを嫌悪していた。

だから葉子は、貴仁を自分の子どもだと認めていない。自分の子どもは、〝化け物〟ではなく、普通の人間である和仁ただひとりだと思っている。

当主である父も実の母も、貴仁への愛情は希薄だった。家族の思い出も、食卓を共に囲んだ記憶もない。ただでさえ近年では稀な『異能』を有し産まれてきたことで、貴仁はますます家族の愛情など求められない立場になった。

「『心が欲しい』か」

無情な態度をとられてもなおそう言える千緒里の強さが、貴仁は眩しかった。

心などいらない。愛は必要ない。今でもその考えは変わっていない。けれど、千緒里が必死に自分の居場所を作ろうとしている姿を見ていると心が揺らぐのだ。

おまえが愛しいと、思わず口にしてしまいたくなる。自分自身ですら、本能か己の感情かもわかっていないというのに馬鹿な話だ。

「お待たせいたしました」

貴仁が思考に沈んでいると、車に乗り込んできた桧山に声をかけられた。

優秀な秘書の説明によると、千緒里がここまで着てきた服は袋に纏めて助手席に、ドレスやアクセサリーなどは数が多いため、後日配送する手筈を整えたという。

「面倒をかけたな」

主の労いに、桧山は「いいえ」と答えた。そして、好々爺然とした顔に憂いを浮かべる。

「差し出がましいようですが、貴仁様……最近抑制剤の服用が増えていらっしゃるのではありませんか?」

「抑制剤がなければ、こいつを抱いて屋敷から出ないようになるぞ」

自身を嘲るように笑った貴仁は、煙草を吸おうと上着のポケットへ手を伸ばしかけたものの、結局思い留まった。千緒里が、膝の上にいるからだ。

「……貴仁様も千緒里様も、色濃くご先祖の血を継いでいらっしゃいます。互いの血が共鳴しているのかもしれません」

「迷惑な話だ」

桧山の予想に渋面を浮かべ、小さくため息をつく。今は抑制剤のおかげでなんとか理性を保てているが、それでも千緒里がそばにいると血が煮え滾《たぎ》るように身体が熱くなる。気を張っていなければ、ふたたび彼女を抱き潰すだろう。

——これまでの当主は、この強烈な欲望に侵されていたわけか。

千緒里が過労で倒れたときから、貴仁は抑制剤を通常より多く服用している。跡継ぎは必要だが、それで彼女が体調を崩しては意味がない——そう桧山には伝えていたが、単に貴仁自身が、千緒里をただの器として扱いたくなかったのだ。

今でこそ医学も発達し、抑制剤の精製についても鬼王の息がかかった専門機関に依頼して造らせている。だが、そういったネットワークが作られる以前は、昼夜問わず妻となった女を抱いていたと鬼王家の文献に記されていた。

本能は理性をたやすく凌駕《りょうが》し、肉の悦びに身体が染まる。抗いがたい衝動、それだけで妻となった女を犯し続けるなど、もはや人ではないだろう。

——俺は……俺たちは、狂っている。

天女への執着。それが、鬼王家の業であり、歴代当主に受け継がれた罪である。

貴仁は、いまだ起きる気配のない千緒里を見つめながら、沸々と沸き上がる欲情を抑え込むことに腐心した。

# 3章　執着

パーティー当日。千緒里は富樫に手伝ってもらい、身支度を整えていた。

ドレスはこの前貴仁と行ったブランドショップのもので、シャンパンゴールドのシアースリーブドレスだ。靴やアクセサリー類も貴仁が購入してくれたようで、いずれも高価な品が揃えられていた。

「よくお似合いですよ、奥様」

「ありがとうございます。貴仁さんのおかげです」

千緒里は微笑んで富樫に礼を言い、改めて自分の姿を鏡で見つめる。

ほかにも数着購入していたが、千緒里は「これがいい」と富樫に伝えた。貴仁が、初めて千緒里の意思を確認してくれた品だからだ。

それだけではなく、『もしまたドレスが必要になった場合は、今度はおまえが選べ』と言ってくれた。そのあとは抱かれた末に意識を失ってしまったが、千緒里にとってこのドレスは、貴仁が歩み寄ってくれた証であり、初デートの記念なのだ。

艶やかな髪は、富樫の手によりハーフアップにアレンジされていた。薔薇のコサージュにパールがあしらわれたヘアアクセサリーが、後ろ姿を華やかにしている。

「旦那様もお喜びになるでしょう」

千緒里のうなじでドレスのリボンを結び、富樫が微笑む。「そうだと嬉しいです」と答えたとき、部屋のドアがノックされた。

「千緒里様、貴仁様がお車でお待ちです」

「わかりました」

貴仁とは、この一週間ほど顔を合わせていなかった。会うのは一緒に外出して以来だ。

ＣＥＯを務めている鬼王の事業のひとつである不動産関連の仕事で、彼が不在にすると桧山から説明があったのは、ふたりで外出した翌朝だった。海外の支店のオープニングセレモニーに出席するそうで、すでに彼は屋敷を出ていたため、千緒里は見送ることもできなかったのである。

――やっと会えるんだ。

ふたりで出かけたとき、少しだけ彼に近づいた気がした。きっと時を重ねれば、もっと分かり合うことができると、希望を持つことができた。だから千緒里は、今日彼に会うのを心待ちにしていたのだ。

「どうぞ、千緒里様」

桧山が後部座席のドアを開け、千緒里を促す。先に乗っていた貴仁は、姿を確認するようにちらりと見ただけで、すぐに視線を外してしまう。

一週間ぶりの再会にしては素っ気ないが、ある意味いつも通りといえる。貴仁のとなりに座った千緒里は、彼に会えた喜びを隠さず微笑みかける。

「今日は、貴仁さんに買っていただいたドレスにしました。富樫さんに、髪もセットしてもらったのですが……どうでしょうか？」

「富樫に任せておけば問題ない」

短い返答に、それ以上会話が続けられず千緒里は口を閉ざす。育ってきた環境が特殊であることから、コミュニケーションが得手とは言えない。それに加え、貴仁自身が千緒里と距離を置きたがっているような態度だから、会話の糸口が摑めない。

――でも、そんなことも言っていられない。

千緒里は膝の上で手を握り締めると、再度貴仁に話かけた。

「あの、これから行くパーティーはどういった趣旨のものなんでしょうか」

貴仁からは、鬼王家が主催するパーティーだとしか聞いていない。彼の出張について行った桧山とは当然顔を合わせなかったし、富樫も『鬼王家主催のパーティー』としか教えてくれなかった。

千緒里の話に耳を傾けていた貴仁は、視線を合わさず告げた。

「今日は、鬼王家が持っている迎賓施設でのパーティーだ。一年に一度、各界の著名人を招いている。くだらん慣習だ」

面倒そうに答えると、彼はそのまま目をつむってしまう。

——もう話しかけるなってことなのかな。

出張から戻ってきたばかりで、疲れているのかもしれない。それ以上話しかけることを諦めて口を噤むと、運転席の桧山が迎賓施設について説明を加えてくれた。

これから向かう場所は、鬼王家の直系のみが利用することができる施設で、敷地面積約一万坪の広さを誇っている。都内とは思えないような緑豊かな大庭園の中に、『王天閣《おうてんかく》』と呼ばれる洋館が建っており、それは見事な景観だという。

「今年は貴仁様がご結婚されたので、お祝いを述べたいという人々に囲まれるでしょう」

桧山の話を聞いた千緒里は、予想以上に大きな規模のパーティーだと知り尻込みした。ただでさえ限られた人物としか接してこなかったというのに、貴仁の妻としてふさわしい振る舞いができるのか不安になった。

——こんなことなら、富樫さんにマナーレッスンを頼めばよかった。

実家にいたころは、鬼王家当主の許嫁として教育を受け、教養を身に着けてきた。しかし、会話術などについては心もとない。

――貴仁さんに恥をかかせる真似だけは避けないと。

千緒里の緊張が増したとき、車が大きな観音開きの門の前で停車した。近づいてきた警備員に、運転席の桧山が通行証を翳す。確認した警備員は、恭しく車に頭を垂れた。

敷地内は、先に説明があったように広大だった。『王天閣』の玄関先で車を降りると、木々の間から都心の高層ビル群が覗いている。それが唯一、この場が都内であると思い出させる景色である。

無言で足を進める貴仁に続いて建物内に入った千緒里は、絢爛豪華な室内に圧倒された。玄関を入ってすぐに大階段があり、左右に廊下が広がっている。壁面や柱にはジャコビアン様式が取り入れられ、細部にわたり精巧な意匠が見て取れた。

左手には巨大なマントルピースが設置されており圧倒されていると、使用人に先導され、ホール中央の階段を上がる。廊下を進んでいくと、中ほどにある重厚な扉を使用人が開いた。ふたりが中に入ると、大きな広間にいた招待客らの視線が一斉に集まった。

「貴仁様、本日はお招きいただきありがとうございます」

先陣を切ってふたりに近づいてきた人物に、千緒里はギョッとする。どれだけ世情に疎くとも、その顔を見知らぬ者はいない。先の選挙で大勝した現与党総裁であり、内閣総理大臣その人だったのである。

「この『王天閣』に招かれるのは、政治家になったときより憧れでございました」

「それは何より。今日は楽しまれるといい」

しかし総理を前にしても、貴仁の態度は平常時と変わらない。いや、むしろ通常よりも発する圧が強かった。存在感ともいうべきそれは、周囲の人々を無条件でひれ伏させる類のものだ。対する総理は、自分の孫ほどの年齢だろう彼に敬称をつけ、完全にへりくだっている。それは、この場の誰よりも貴仁の立場が上であることを示していた。

――これが、鬼王家の影響力……。

鬼王家について、『日本を陰で操ってきた』と聞かされて育ったものの、あまりに自分とかけ離れた世界の話で想像がつかなかった。

だが、こうして実際に目にしたことで改めて理解する。鬼王家の当主は絶対的な権力を持ち、貴仁は産まれながらに人を従える男なのだと。

彼から一歩離れた場所でやり取りを眺め、圧倒されていた千緒里に、総理の視線が興味深そうに注がれた。

「貴仁様、そちらにいらっしゃるのは……」

「妻だ」

いきなり自分に話が及び、千緒里は動揺しつつ頭を下げる。

「千緒里と申します」

「これはお美しい。さすがは名門鬼王家の奥方ですな」

「ありがとうございます」

内心の動揺を隠して笑顔を作ると、今度は別の人物が挨拶に訪れる。我先にと貴仁へ群がる人々は、いずれも彼より年上の著名人ばかりだった。鬼王のグループ会社の社長に就く者もいれば、財界の重鎮なども多くいる。顔と名前を覚えるだけでも一苦労である。

「私のことは気にせずに、皆で交流を深めるといいだろう」

貴仁は媚びへつらう者たちを睥睨し適当にいなしていたが、さすがに間断なく寄って来る者たちに辟易したようだ。当主の機嫌を損ねてはまずいと、集まっていた人々は遠巻きに彼の様子を窺っている。

「あの、貴仁さん……わたしの対応は間違っていませんか？」

窓際まで移動し、周囲に人がいなくなると、千緒里は小声で彼に問うた。ひたすら笑顔を浮かべていたことで、頬が引きつりそうになっている。

「間違っていない。この場にいる連中に気を配る必要などない」

貴仁は眉ひとつ動かさず千緒里に断言した。彼にとっては、この場にいるすべての者が、己に群がるハイエナに見えるのか、嫌悪感をあらわにしている。

「こんなパーティーなど、本当は無意味だ。だが、俺の代で開かないとなると、うるさく騒ぐ輩が出てくる。鬼王の『加護』を求めて屋敷にまで押しかけられると迷惑だからな」

鬼王家とつながりを持っている者は、より多くの利を得るために当主に尻尾を振るのだと貴仁は言う。

「だから、面倒でも年に一度この会を開いている。鬼王家が所有するこの地に招き、忠誠を誓いたがっている者どもの相手をするのも当主の役目だ。くだらん慣習を引き継いだものだ」

苦々しい表情で貴仁が吐き捨てたとき、広間に桧山が入ってきた。ふたりに歩み寄ってくると、彼に耳打ちをする。

「すぐに戻る」

貴仁はひと言告げ、桧山とともに広間を出て行った。すると、残された千緒里のもとへ、それまで遠巻きにしていた人々が集まってくる。

「奥様、私どもにもご挨拶をさせてくださいませんか」

「じつは、我が社の新規事業で競合している他社に先んじて、ある土地を手に入れたいと思っております。貴仁様にぜひお力添えをいただきたく……」

挨拶もそこそこに、ある者は社の利益を求め、またある者は次の選挙へ向けて対立候補を蹴落とすために、口添えして欲しいと頼んできた。次から次に出てくる人々の欲望を聞いた千緒里は、胸に澱が溜まったように苦しくなってくる。

「申し訳ございません。わたしでは皆様のご希望に添えないと思います。お話があれば、どうぞ当主に直接お伝えください」

やっとのことでそれだけを告げ、身を翻す。誰もいないバルコニーに足を向けると、大きく息をついた。

——貴仁さんは、いつもあんなに欲望に塗れた言葉を聞いているの……？

他人を押しのけて自らの欲望を満たそうとする人々の姿を目の当たりにした千緒里は、ほんのわずかな時間であっても精神を消耗していた。貴仁の持つ『異能』を——鬼王家の『加護』を求めて群がる人間の表情は、今まで見たどの人たちよりも恐ろしく思える。

もし仮に、千緒里が貴仁と同様の『異能』を有していたとしても、欲望塗れの人間の相手は耐えられない。だが彼は、期待と羨望、畏怖を一身に受け、なおその場に当主として立ち続けなければならないのだ。

——表情がどんどん失われていた理由が、少しわかった気がする。

貴仁は、この場に招いた人々を嫌悪している。おそらく千緒里が嫁ぐずっと前から、彼はこうした社交の場で人々の欲望にさらされてきた。実家に送られてきた貴仁の写真が年を重ねるにつれて表情が抜け落ちていたのは、当主の『異能』にあやかろうとする人々の存在も原因だろう。

「奥様。こんなところにいらしたんですね」

声をかけられて振り返ると、先ほど千緒里を囲んでいた人々の中にいた男性が立っていた。元総務大臣を父に持つ二世議員で、顔立ちが整っていることから女性人気が高く、メディアにもよく取り上げられている男だ。

「……少し風に当たりたかったので。もう戻ります」

男の脇をすり抜けようとした千緒里だが、強引に肩を摑まれた。ぎくりとしてふり仰ぐと、笑みを張り付けた男が顔を近づけてくる。

「待ってください。私は、今日初めてこの『王天閣』へ入ることを許されました。五年待ってようやくです。ですが、来年も招かれる保証はない。あなたからご主人に、私を取り立てるよう口添えしていただけませんか」

「わたしは、そのような立場ではありません。あなたを来年も招くかどうかは、当主が決めることです」

先ほどと同じように、貴仁への口添えを断ると、その場を離れようとする。けれども、男は諦めが悪く、なおも食い下がってきた。

「あなたは、ご自分の立場をわかっていないようだ。鬼王家の花嫁について、政財界でも噂になっていますよ。なんでも、鬼王家に福をもたらす存在なんでしょう？　迷信みたいなものでしょうが、年寄り連中は信じている」

肩を摑んでいる男の手に力がこもり、千緒里が柳眉を寄せる。痛みもあったが、それ以上に嫌悪感が強い。貴仁以外の男に触れられることを、本能が避けているかのようだ。

――気持ち、悪い。

怖気が走り、胃から嘔吐感がせり上がってくる。異性に慣れていないというだけでは説明できない感覚だった。目の前の景色すら歪み、小刻みに手が震える。

「お願いしますよ、奥様。ちょっと当主に口を利いてくれるだけでいい。そうすれば派閥での私の立場も強くなるんです」

男は千緒里が抵抗しないのをいいことに、身体を寄せてきた。いよいよ嘔吐感が強まり、ぐっと唇を噛んだ、そのときである。

「――何をしている」

背筋が凍りそうなほどの低い声が背後から投げかけられたかと思うと、強い力で引き寄せられた。顔を確認せずとも、それが誰だかわかる。知らずと安堵の息を漏らした千緒里だが、彼――貴仁は、千緒里を背後に置いて一歩前に進み出た。

「これは私の妻だ。貴様が触れていい女じゃない」

「う、あ……ぐっ！」

酷薄に言い放つと、貴仁は男の首を片手で押さえつけた。ぐらりと傾いだ男の身体が組積の腰壁に当たるのも構わずに、彼は力を緩めない。

「うう……っ」

喉を潰す勢いで圧を加えられ、男が呻く。身体は手すりから半分乗り出していて、このままいけば間違いなく転落してしまう。

「貴仁さん……っ！」

千緒里は思わず彼の背に縋りついた。

ゆっくりと男から手を離し振り返った貴仁の目は、怒りを湛えていた。瞳が金に染まったときと同じような激情が迸り、そばにいるだけで足が竦んでしまう。

「ごほっ、う……げほっ」

「貴様は二度と『王天閣』に足を踏み入れられないだろう。ああ、そういえば出席者に総理がいたな。貴様が政治家として活動できないよう、やつに言い含めておく」

無情に言い捨てた貴仁は、千緒里の手首を引いてバルコニーを後にした。

まさに鬼の形相で歩く彼に声をかける者はおらず、千緒里は引き摺られるようにして彼に続く。『王天閣』を出たふたりがその足で駐車場へ向かうと、車の前で待機していた桧山が貴仁を凝視した。

「貴仁様、いかがされましたか」

「無礼な輩が一匹紛れていた。処理しておけ」

短く命じた貴仁は、後部座席に千緒里を押し込んだ。自身も後から乗り込み乱暴にドアを閉めると、おもむろにネクタイを緩める。

「あの、さっきは……助けてくれてありがとうございます」

彼の発する怒気におののきながらも、千緒里は礼を告げた。貴仁が来てくれなければ、あの場で嘔吐していたかもしれない。それほど吐き気がすごかった。

――でも、今は全然気持ち悪くない。どうして……？

先ほど感じていた不快感が嘘のように収まっていた。突然の嘔吐感は、やはり貴仁以外の男に触れられたことが原因だったのだ。千緒里がそう判断したとき、彼が射竦めるような眼差しを向けてくる。

「おまえは俺の……俺だけの妻だ。気安くほかの男に触れさせるな」

独占欲めいた台詞に、千緒里は思わず貴仁を見つめる。

今まで彼は、千緒里自身に関心を持たなかった。唯一、ドレスを選んだときだけは意思を尊重してくれたが、あくまでも便宜上『妻』という立場だっただけで、実質は子を産む『器』でしかなかった。

「わたし、は……ほかの人に触れられたくないし、触れさせません」

そして千緒里もまた、貴仁と同じようにこれまでとは違う返答をする。

たとえ愛のない婚姻だったとしても、良好な関係を築きたいと思った。産まれたときからの許嫁は、千緒里にとって唯一の男性で、数年に一度送られてくる写真の中の彼にほのかな憧れを抱いていた。

しかし今、明確な意思をもって彼に宣言したのは、これまでに抱いた想いよりもずっと強い感情だ。バルコニーの一件で、貴仁以外の人に触れられたくないと気づいた。それがなぜなのか。千緒里は、おぼろげだったその感情に名を与える。

――好き。この人のことが……好き。

自覚すると、胸の中に甘酸っぱさが広がった。

この男の心が欲しいと思ったのも、理解したいと思ったのも、貴仁のことが好きだからだ。すでに妻となり、幾度となく身体を重ねている相手への恋心に今さらながらに気づくとは、鈍いのかもしれない。しかし、千緒里は特殊な環境で育ち、彼の妻となったのだ。恋情に疎くても無理からぬ話だろう。

「ならば、その言葉を証明してみせろ」

千緒里が己の恋心へ目を向けていると、貴仁に強引に顎を摑まれた。今の彼は、欲情しているときに見せる金の瞳をしていない。それなのに、恋を自覚した千緒里と同じように、眼差しに熱がこもっている。

「おまえが目に映す男は俺だけでいい」

貴仁は尊大に言い放つと、嚙みつくように唇を重ねた。

「ンンッ！」

突然の行動に困惑するも、千緒里はキスを受け入れる。彼を好きだから、求められることが嬉しかったのだ。

『超・運命婚！
リゾートで出会った御曹司社長との恋は
東京で本物の愛に変わりました。』
©山内 詠／炎 かりよ／プランタン出版
創刊
5周年！
毎月4日頃発売
Opal
オパール文庫

創刊10周年！
毎月17日頃発売
Tiara Label
ティアラ文庫
『獣堕ち　赤ずきんは狼の王に甘く抱かれて』
©笹木らいか／八千代ハル／プランタン出版
エロティックメルヘンシリーズ

口腔に侵入してきた舌が歯列を辿り、唾液を絡めて口中を隈なく舐め尽くす。

くちゅくちゅと卑猥な音を立ててキスをしながら、貴仁は千緒里のスカートの中に手を差し入れた。ストッキング越しにクロッチを強く押され、思わず彼の腕を掴む。布と擦れた淫芽は敏感になり、意図せず快感を拾ってしまう。

「んぅっ、ンッ……んんっ！」

貴仁は的確に千緒里の弱点を攻めてくる。集中的に花芽をぐりぐりと押し擦られると、蜜筒が疼く。淫らな痺れが下肢に広がっていき、もどかしさが募っていく。最初は閉じていた足が少しずつ開いていき、身体から力が抜けていった。

「さっきのおまえの言葉をその身で示してみろ」

「え……」

「俺を跨いでドレスの裾を持て。下着が見えるようにな」

「っ……！」

淫らな命令をされた千緒里は息を呑む。ここは車内で、いつ桧山が戻ってくるかもわからない。それなのにはしたない真似をすることは、さすがに抵抗がある。

「できないのか？　おまえの言葉は偽りというわけか」

けれども場所など関係ないとでもいうように、貴仁は千緒里を追い詰める。

これまで彼からは、艶事での積極的な動きを命じられたことはない。意識を失うまでただひたすら身体を貪られていただけだった。鬼王の花嫁は、子を産むことが役目でただの『器』なのだから、それが当たり前だと思っていた。

しかし貴仁は今、千緒里に命じる。言葉が真実だと示すために、自らの身で示せと……恭順を求めている。ただの『器』でしかない女に、ほかの男を目に映すことすら許さない。つまりは、執着しているのだ。

――嬉しい。

千緒里は、彼が見せた変化を心の片隅で喜んでいた。なんの興味を示されないよりも、感情をぶつけられるほうがよほどいい。彼が、ただの義務で抱いているのではないと感じられるから。

息を呑んだ千緒里は、おずおずと貴仁を跨いで膝立ちになった。いつも見上げている彼のことを見下ろしているのは不思議な心地がするけれど、今はそんな感覚に浸っている状態ではなかった。

「裾を捲れ」

切れ長の目を千緒里に据えたまま、傲慢に男が命じる。心臓が痛くなるほど拍動し、羞恥でどうしようもないくらい身体が火照るのを感じながら、千緒里はドレスの裾を少しずつ持ち上げた。

彼を跨ぎスカートを捲るなど、まるで自ら誘っているような恰好だ。それでも、貴仁の命令に抗えない。なぜなら千緒里自身が、彼を欲しているからだ。

『おまえを犯せと本能が叫ぶ』――初夜で貴仁はそう言った。だが今の彼から感じるのは、抗いがたい本能的な欲望ではない。純粋に求められているのだと、そう思える。

少しずつスカートを上げていくと、太ももがあらわになった。その間も、貴仁は視線を逸らさず、千緒里を注視している。

――わたしは、この人にこうして見てもらいたかったんだ。

鬼王家の花嫁としてではなく、ただの千緒里として。器としてではなく、女として扱われたかった。彼を好きだと気づいた今は、なおさらその想いが強くなる。

「これで……いい、ですか……？」

頰を紅潮させ、震える声で千緒里は問うた。命令に従ったことで、『ほかの人に触れられたくないし、触れさせません』という言葉が真実だとわかってもらえたはずだ。

だが――。

「いいだろう、信じてやる。このまま俺に抱かれるのならな」

「あ……っ」

貴仁は千緒里の尻たぶを摑み、ストッキングに爪を食い込ませた。薄手のそれはたやすく孔を開けられてしまい、そこから伝線していく。

思わずスカートから手を離しかけると、「そのまま持っていろ」と命じた男は、裂け目に指を入れてストッキングを継ぎ目まで引き裂いた。濡れたショーツを脇へずらされ、びくっと内股を震わせる。

「濡らしているな。とろとろだ」

「や……」

「認めろ。おまえの身体は嫌がっているどころか、俺を欲しがっている」

男の指が蜜部に触れ、くぷりと音を立てて中に沈む。千緒里はその衝撃にスカートから手を離し、彼の肩を握った。

「あぁっ……ん！　や、あぁっ！」

「いいのか？　大きな声を出すと外に聞こえるぞ。それに、スカートから手を離していいとは言っていない。手で摑んでいられないなら口で咥えていろ」

貴仁は空いている手でドレスの裾を上げ、千緒里の口もとへ持ってきた。促すように見据えられ布を口に咥えると、彼は満足そうに口角を上げる。

「そのままでいろ。そうすれば快感だけを与えてやる」

「んんん……ッ」

淫筒の中で彼の指が旋回する。指の節が蜜襞を刺激し、千緒里はがくがくと腰を震わせながら摑んでいる肩に爪を立てた。そうしなければ、体勢を保っていられないのだ。

「熱いな。襞が俺の指に吸い付いてくる。興奮しているのか」

ぬちぬちと卑猥な音を響かせながら、貴仁はドレスの上から胸を揉んだ。布の中で乳首が擦れると、蜜孔が窄まって男の指を締め付ける。触れられていない花芽は疼きを増し、もっと強い刺激が欲しいと胎内がうねっていた。

「んっ、ンンッ……ン……んっ！」

蜜窟内を指が行き来して、もどかしい快感が広がっていく。貴仁に目を向けると、やはり瞳の色は美しい黒瞳のまま変化はない。だが、彼も間違いなく興奮していた。下半身は窮屈そうにズボンを押し上げ、まさぐってくる手がやけに熱かった。

――気持ち、いい。

千緒里は、これまで貴仁に触れられた中でも、一番といっていいほど感じていた。彼を好きだと自覚したことで、快感が増幅されている。そして、彼が自分自身を見てくれていることが、心と身体を歓喜させていた。

くちゅくちゅと淫靡な音が大きくなっていき、乱れた呼吸が車内を満たす。指の腹で肉襞を抉られた千緒里は、刺激に耐えられず前のめりになった。貴仁の顔に胸を押し付ける体勢になると、彼はおもむろに蜜部から指を引き抜いた。

「んっ……」

失った指を求めて蜜路がひくひくと収縮し、背筋を震わせる。すると、ベルトを外す金属音とともに、ファスナーを下ろす気配がした。

「そのまま腰を落として自分で挿れろ」

貴仁の言葉で視線を下ろすと、彼の欲望が隆々と勃ち上がっていた。

「おまえが俺を欲している姿を見せてみろ」

言いながら、貴仁は千緒里を促すように、両手で胸を揉み込んでいく。千緒里は顎を反らして喘ぎながら、蜜部が疼くのを感じた。彼の欲情を目の当たりにし、呼応するように淫窟が微動している。

「っ……」

今日はこれまでとは違い、心もつながれるかもしれない。そう感じたのは、ただの希望かもしれないし、第六感というやつかもしれない。しかしそれはとても魅力的に思え、千緒里は抗いがたい誘惑にいざなわれ、ゆっくりと腰を下ろしていく。

——あんなに大きなものが自分の中に入るなんて……。

抱かれているときはいつも夢中で、じっくり彼自身を見たことなどなかった。だが今は、ドレスの裾を咥えていたため、少し視線を下げるだけで陰部が見える。先端から淫汁を垂らす鈍色の肉槍に蜜部を押し当てると、千緒里はその熱さに肩が震えた。

「んっ……」

腰を落とし、丸みを帯びた男の先端が蜜部に呑み込まれる。それだけでも肌が粟立つほど心地いい。しばらくそのままの状態を保っていると、貴仁に腰を掴まれた。ハッとして彼を見ると、男が欲に塗れた声で囁く。

「おまえに任せていると日が暮れそうだ。手伝ってやる」

「あ、ぁああ……ッ！」

肉槍を半分まで埋め込まれた衝撃で、千緒里は咥えていた布を唇から離した。ふたりの結合部を隠すようにふわりとスカートが落ちたと同時に、力を加えた貴仁が千緒里の腰を引き下ろす。雄々しい男のすべてを呑み込み、視界が明滅する。

「ふっ、んぁっ……あっん！」

自重をかけたことで、最奥まで雄槍が届いている。千緒里は彼の肩から首に腕を移動させ、ぎゅっとしがみついた。おびただしい愉悦の波に襲われて、身体が小刻みに震える。自身の震えすら雄を咥えた蜜窟を逼迫し、全身が快楽に染まった。

「た、かひと、さ……気持ち、い……」

それは、艶事で初めて千緒里が発した自発的な言葉だった。快感を得ていることを伝えるときは強制されたからで、本来なら羞恥に駆られて言えないだろう。だが、貴仁が好きだからこそ……そう気づいたからこそ、言葉に出したかった。

「好き……貴仁、さんが……好き、です」

「ッ……！」

貴仁が息を呑んだ気配が伝わってくる。抱きついているため顔を見ることが叶わず、千緒里は少しだけ身体を離して彼を見た。けれど、表情を確認する間もなく食らいつくように唇を奪われる。

「んぅっ、ンンッ！」

舌でぐちゃぐちゃに口腔をかき混ぜられていくうちに、胎内に埋まっている男の質量がさらに増した。腰を突き上げられた千緒里は息苦しさを覚えるも、淫楽の深さが勝って必死で彼にしがみつく。

男の舌が、淫茎が、粘膜を擦り上げる。腰を激しく動かされ、足からヒールが抜け落ちるも、それに構っている余裕などない。自然と内股で彼の腰を挟み込んだ千緒里は、これ以上ないほど貴仁と密着していることに嬉しくなった。

今、確かにふたりは求め合っている。鬼王家と天女のしがらみも関係なく、ただの男と女として抱き合えた。そのことが、これまでにない多幸感を千緒里に与えている。

「……千緒里」

唇を離した貴仁から、掠れた声が漏れる。鼓膜を震わせたその声に、千緒里は瞠目した。貴仁が、名前を初めて呼んでくれたからだ。

「ぁ……」

驚きと喜びで、引き攣れたような声が出た。彼と視線が交わると、頬に熱い涙が伝い落ちていく。

「もう、くだらんことに囚われるのは止めた」

貴仁が何を思ってそう言ったのか、千緒里にはわからない。ただ、彼の中でなんらかの決意があったことだけは窺えた。

「好き……です。貴仁さんが……わたし……」

千緒里は己の心を差し出し、彼に応えた。以前、『心が欲しい』と彼に願ったことがあったが、ただ欲してばかりでは駄目だったのだ。自らの純真を示さずに、彼と心がつながれるはずがない。

「おまえは……どうしてそう……くそっ」

貴仁の独白は、いつものような冷ややかな響きはない。御しきれない感情が迸り、自分でもどうしようもない——そんな印象を受ける。

彼は両手で千緒里の腰を抱き込むと、下から激しく突き上げてきた。硬度のある雄茎が肉筒を圧迫し、思わず背をしならせる。座位、しかも車内であるというのに、貴仁の攻めは激しかった。淫臭が濃く立ち昇り、吐き出す呼気がどんどん切羽詰まったものになる。

「あぁっ、んっ……は、ぁっ、も……これ以上、は……ぁあっ」

「煽っておきながら何を言っている。途中で止めてつらくなるのはおまえだぞ」

そう言う貴仁の顔は、恐ろしいほどの艶を放っていた。ひたすら妻の身体に耽溺する男の表情は、千緒里の快感を増幅させた。

蜜窟は雄槍を圧搾し、まるで精を搾り取ろうとするかのようだ。彼に腰を揺さぶられると雄芯に媚肉が抉られ、淫道が収縮する。時折淫蕾と彼の下生えが擦れることで、触れられていない乳首までジンと疼いた。

「やっ、あぁ……あ、ぁあ……ッ」

快感の大きい波がくる。何度も経験させられたことで、自分の身体の状態がわかった千緒里は、貴仁の首に腕を巻き付けた。絶頂感に耐えるように密着すると、彼が耳もとで囁く。

「いけ、千緒里」

彼のひと言で、官能の極みまで一気に駆け上る。吐精を促すように蜜路が熱塊を絞り、びくびくと蠕動する感覚を最後に、千緒里は全身が弛緩し、彼の胸に顔を埋めた。

——ここは、どこ……？

目を覚ました千緒里は、見覚えのない景色に首を傾げた。

やわらかな布団の上に裸で寝かされていたため、一瞬屋敷なのかとも思った。だが、身体を起こして視線を巡らせると、旅館かホテルの一室だと気づく。屋敷の寝室に造りは似ていたが障子はなく、代わりに大きな窓からは露天風呂が見える。

「目が覚めたか」

部屋に入って来た貴仁は、浴衣を着ていた。何も身に着けていない千緒里は、上掛けを首まで引っ張り上げると、小さく頷く。

「あの、ここは……」

「鬼王が経営しているリゾートホテルだ。屋敷に戻る気分じゃなかったんでな」

貴仁は千緒里が眠っている間に『王天閣』から移動し、このリゾートホテルへ来たようだ。

パーティーを途中で抜け出して大丈夫だったのか心配になり尋ねたところ、彼はまったく気にしていなかった。

「言っただろう、あれはくだらん集まりだ。鬼王の当主に取り入りたいがために忠誠を誓うやつらが、俺の中座でつべこべ言うはずがない。それに、明日から俺は休みだ。息抜きくらいしても罰は当たらないだろう」

言いながら浴衣の帯を解いた貴仁はそれを脱ぎ捨てると、全裸となっておもむろに千緒里を抱き上げた。その足で窓を開き、露天風呂へと向かう。

「あ、あの……」

「車の中で散々抱いたからな。汗を流せ」

そっと湯船に下ろされた千緒里は、あまりの急展開に混乱した。彼の纏う空気が、明らかに今までと違うように感じるからだ。

貴仁は一族の頂点に立つ絶対的な支配者でありながら、薄氷の上にひとりで立っているかのような危うさがあった。千緒里に接するときも、わざと傷つけて一線を引くような言動を取り、愛も理解も必要ないという態度を崩さなかった。

けれども、先ほど身体を交わらせたときから、顕著に変化が表れている。

千緒里の名を初めて呼び、瞳の色を金に染めることなく身体を求めたことで、彼の心の内側になんらかの感情が生まれたことは確かだ。

――今なら、聞けるかもしれない。

千緒里は対面で湯船に浸かって空を仰ぐ貴仁に、おずおずと問いかけた。

「お聞きしてもいいですか……？」

「なんだ」

「お義父様のことです。……一度もお会いしたことがないので、どちらにおいでなのかずっと気になっていたのです」

空を見上げていた彼の目が、千緒里に向けられる。深い漆黒の闇を思わせる瞳をわずかに揺らすと、彼はため息を吐き出すついでのように言った。

「父は……病を患っている。遺伝のようなものだ。人と会えるような状態ではない」

「遺伝というと……以前に貴仁さんが『もう長くない身』だと言っていたことと関係があ

るのでしょうか」

「……よく覚えているな、そんなこと」

「忘れません。ずっと聞きたいと思っていたことですから」

貴仁が自身を『もう長くない身』だと言ったのは、初夜でのことだ。あれ以来、千緒里の心にずっと引っかかっていた。けれども、一度尋ねたときにはぐらかされ、それ以降は口にできなかった。ゆっくり会話をする時間よりも、身体を重ねていることのほうが多かったからだ。

「貴仁さんのことが……心配なんです」

「俺は大丈夫だ。今のところはな」

抑揚なく告げられた言葉は、とても安心できるものではなかった。『今のところは』ということは、いずれなんらかの病に罹患する恐れがあるのではないか。

千緒里が表情を曇らせると、貴仁は不意に手を伸ばした。強い力で胸に抱かれ顔を上げると、端整な顔を歪めて笑う男の眼差しとかち合う。

「心配せずとも、おまえがその身をもって思い知っているだろう。幾度もおまえを抱いているのは誰だと思っている。それとも、まだ抱かれ足りないか？」

「そ、れは……だって、貴仁さんは……本能だ、って」

鬼王の当主が持つ本能が、連綿と続くその身に流れる血が、天女の末裔を犯すのだと彼は言った。つまりそれは、彼の意思に関係なく、『天女花』を身に宿す千緒里を求めているだけ。たとえその身が病に冒されようとも、本能には抗えないだろう。

「……そうだな。確かにそう言った。でも、車の中でおまえを抱いたのは、本能じゃない。ただ自分の妻を抱いた。それだけだ」

「っ……」

彼に宣言された千緒里は、胸がぐっと詰まる感覚がした。

抱かれているときにそうではないかと思ってはいたが、言葉にされるとそれが真実だと信じられる。見えない壁に阻まれていた彼との心の距離が近づき、本当の気持ちに触れた。そんな心地にさせられて、目尻が熱くなる。

「嬉しい……」

千緒里の唇から漏れたのは、端的な感情だった。人は、真に心が揺さぶられたときは、言葉にならないのだと身をもって理解する。

湯で上気していた頬に、ひと筋の涙が伝う。貴仁は千緒里の目尻に唇を寄せ、ただ抱きしめてくれていた。

＊

布団に横たわった貴仁は片肘をつくと、となりで眠る千緒里の寝顔を眺めながら、己の変化に驚いていた。

パーティーでほかの男に触れられていた千緒里を見た瞬間、頭に血が上った。それは、本能などではない。貴仁自身が抱いた、明確な嫉妬だ。

千緒里を抱くとき、貴仁の瞳は金に染まる。天女の末裔を前にした鬼王の血が、貴仁を咎人へと変化させる。脳内に『天女を犯せ』と声なき声が響き、血が沸く感覚をもたらす。そうやって歴代の当主たちは、無理やり妻にした天女の末裔を犯してきた。

それが、車中で千緒里を抱いたときに貴仁が感じていたのは、男の独占欲。彼女に触れた男を縊り殺そうとするくらいの強い感情に支配された。男の欲を剝き出しに千緒里に迫る己の醜悪さは、それだけ貴仁が千緒里を愛しく思っていたことの証でもある。

――所詮、俺は化け物だ。愛など必要ないと思っていたというのに。

それなのに千緒里は、貴仁の独占欲を受け入れた。妻として抱かれたことを『嬉しい』と言い涙を流す。それがなぜなのか、もう認めざるを得ない。

――こいつは、本気で俺を好きだと言っている。

生贄同然で嫁いできても、どれだけ無情な言葉を投げかけられても、それでも……逃げ出さずにいられるだけの強さが千緒里にはある。妻の純真をぶつけられた貴仁もまた、己の胸のうちに目を向けずにはいられない。

――あのときは、これほど愛しく思えるようになるとは思ってもみなかった。

過去の記憶を掘り起こし、貴仁は目を伏せる。

千緒里と初めて会ったのは、今から十五年前のことだ。誰にも告げることなく、貴仁は自分の許嫁の幼女へ会いに行った。

婚約者は鬼王家の息がかかっている幼稚園に通わせていたため、園長に話をつけるのは簡単だった。園児らが遠足に出かけているときに園に赴いた貴仁は、鬼王の命で遠足にも行けずひとりでブランコに乗っている幼女――千緒里に声をかけた。

「おまえ、みんなと一緒に遊べなくて寂しくないのか」

突然現れた貴仁に、最初千緒里は驚いていた。しかし、離れた場所に控えていた園長を見て安心したのか、ブランコにゆらゆらと揺られながら「ううん」と呟くと、貴仁を見て小首を傾げた。

「おねえさんは、だあれ？」

千緒里は、貴仁のことを女だと思ったようだった。そのころの貴仁は身体の線も細く、美しいという形容がふさわしい容貌をしていた。それに加えて変声期前で声が高く、ユニセックスな服装だったため、まだ幼く父親以外の異性と接したことがない千緒里が勘違いしても無理はない。

「……誰でもない。ただの通りすがりだ」

勘違いを正すことをせず答えた貴仁は、まだあどけない幼女を見遣った。

あと数年もすれば初潮を迎え、こうして会うことはできなくなる。なぜなら、初潮を迎えた『天女の末裔』を前にすれば、鬼王の長兄で次期当主の貴仁は本能を制御できなくなるからだ。

だからその前に会っておきたかった。鬼王家に徹底的に管理される生活は、さぞ不自由だろうし、幼心にもその歪さは感じているはずだ。

おぞましい鬼王の慣習と己の中に流れる血を嫌悪していた貴仁は、無意識に同志を欲していた。幼女の口から不満が漏れるようなら、己の抱く嫌悪感は正当なものだと信じられる。異常な因習に否を唱える者がいない一族の只中で、貴仁はひとり鬼王家、そして己が持つ『異能』を重荷に感じていた。

「わたしは、たかひとさまのお嫁さんになるから、へいきなの」

けれども千緒里は、曇りのない笑顔でそう言った。

おそらく、両親や周囲にそう言い含められているのだろう。幼女の在りようを憐れに思う一方で、穢れのない笑顔が羨ましいと思った。そして、そう遠くない未来にその無邪気な笑顔を奪ってしまうだろう自分を嫌悪した。

「もしもおまえに望みがあるなら、誰に遠慮することなく意思を貫けばいい。誰のものでもない。おまえの人生だ」

貴仁は近くに生えていたたんぽぽを手折り、千緒里に手渡した。なぜそうしたのかは、自身でも判然としない。ただ、幼い少女を憐れんでいたのかもしれないし、彼女を穢してしまうことへの詫びだったのかもしれない。

「ありがとう！」

たかがその辺にあったたんぽぽを、千緒里は大事そうに手のひらにのせて喜んだ。無邪気なその姿に、貴仁は思った。たとえこの先待ち構えているのが絶望だったとしても、少しでも彼女が笑顔でいる時間が長ければいい、と。

そう願ったからこそ、『早く花嫁を娶れ』という一族の声を抑えつけた。千緒里が二十歳になるまでは娶らないと期限を設けたのは、彼女のためでもあった。だが、かすかな希望を抱いていたのだ。千緒里を娶らぬまま、己の命が尽きるのではないかと。

――結局俺は、おまえを縛り付けるだけの存在だ。

眠っている千緒里の髪を撫でた貴仁は、自嘲の笑みを浮かべる。

貴仁の身体に呪いが発動し、左目が金色に変化するようになったのは、初めて千緒里と会ってから七年後。大学を卒業した年である。

瞳の色の変化は、『天女の末裔』を前にしたとき限定で引き起こされる症状ではない。世代交代をも意味するのだ。貴仁が当主となった証でもあり、死へのカウントダウンの始まりでもあった。

そのころから、前の当主である父は異形へと変化し始めた。異形化が始まった者は、屋敷にある蔵で厳重に管理され、死ぬまでそこから出られることはない。それは父だけではなく、貴仁も辿る未来だ。

だから貴仁は、愛など欲していなかったし、花嫁を愛してはならないはずだった。己はいずれ異形へ変わる者であり、産まれたときから千緒里の自由を奪った一族の男だ。そんな自分が、愛されることがあってはならないと思っていた。

それゆえに、娶った彼女の名を呼び、情を交わすことを避けたというのに。

「……おまえは、俺が異形になると知ったらどんな顔をする？」

意味のない問いかけであることはわかっていた。それでも問わずにいられないのは、父の死期が刻々と迫っているからだ。

父の居場所を彼女に伝えていないのは、当主の異形化が鬼王家最大の禁忌であるからだが、単純に千緒里に知られたくなかったのだ。いずれ、貴仁もまた父と同じ末路を辿るだろうことを。そして、彼女が産むことになる子も異形へ変化することを。

それこそが、鬼王歴代当主が背負った最大の業だ。始祖が天女を犯し、子が人ならざる力を宿したそのときから、途切れず呪いは顕現している。

貴仁の母……葉子が当主の背負う呪いを知ったのは、貴仁が産まれた直後だという。前当主から真実を聞かされた葉子は、貴仁を自分の子として愛せなくなった。それだけではなく、夫のことも嫌悪した。それでも次男を産んだのは、『天女の末裔』として実家が鬼王家に手厚く庇護されていたから。そうでなければ、早々に逃げ出していただろう。

真実を知った葉子が夫である前当主を憎んだように、千緒里もまた真実を知れば貴仁を憎むに違いない。それが当然の反応だ。

しかし貴仁は、千緒里の愛を失いたくなかった。妻となった彼女を愛しいと認め、その名を呼んだことで、心に封じ込めていた感情が暴走してしまった。

妻に対する独占欲と執着心。鬼王の始祖が天女に抱いたであろう感情が、貴仁の中に渦巻いている。

――もう、手遅れなのかもしれないな。

ただの『器』として千緒里と接していれば、このような醜い想いを抱くことはなかっただろう。異形化を知られることへの恐怖も、この世への未練も持たなかったに違いない。

貴仁は身体を起こすと、眠っている千緒里に口づけた。やわらかな唇を何度か啄むと、浴衣の合わせをはだけさせ、白い肌に舌を這わせる。

「ん……」

かすかに声を漏らしたが、彼女が起きる気配はない。車の中で抱き、さらに露天風呂でも求めたのだ。かなり疲労しているだろうことは想像に難くない。

それでも、貴仁は行為を止められなかった。張りのある乳房を両手で中央に寄せ、左右の乳首を交互に舌で刺激する。

意識のない千緒里に触れているだけでも満足だった。本能に衝き動かされているときは、瞳を金に染め、腹の底から沸き上がる衝動に抗えない。彼女を抱いている間であっても、狂ったような飢餓感がその身を襲っていた。

けれど今は違う。貴仁自身の意思で、千緒里に触れている。そうして得られるのは、これまでに覚えのない充足感だった。

「千緒里……」

名を呼ぶと、身体の内側があたたかく満たされる。頑に名を呼ぶことを拒んでいたが、一度口にするともう止まらなくなる。彼女を呼ぶたびに愛しさが募り、執着心が強まっているのが自分でもわかった。

――こうなることがわかっていたからこそ、名を呼べなかった。

しかしもう、くだらないことに囚われるのはやめた。自我を保っていられるうちは、この腕の中に愛しい者を抱いていようと腹を決めたのだ。

薄桃色の乳頭を口に含んで転がしてやると、芯を持ち始める。処女だった千緒里は、ずいぶんと感じやすい身体になっていた。自分がそうさせたのだと思うと、ひどく高揚した。

下半身に熱が集まってくる。張り詰めて脈打つそれは、女の胎内で暴れたがっていた。しかし貴仁は己の劣情を無視し、千緒里の肌を愛撫する。

彼女の寝巻きの裾を払うと、艶めかしい足があらわになる。透き通るような白磁の肌に唇を寄せ、内股に口づけた。軽く吸い付きながら足の付け根へと舌を這わせ、ショーツの上から割れ目を舌でなぞる。

「んん……」

鼻に抜ける甘い声も、陰部から薫る淫臭も、貴仁の身体に媚薬のように浸潤する。

ショーツのサイドを結んでいた紐を解くと、薄い下生えが湿っていた。意識がなくとも感じているのだ。そうとわかると、もっと感じさせたくなってくる。肉の丘を指で開いた貴仁は、淫らな滴を滲ませる泉へと舌を伸ばした。

――甘い。

千緒里の身体は、どこもかしこも砂糖菓子のように甘ったるい。それが、癖になる。妻の身体に溺れる様は、まるで花の蜜に群がる蜂のようだ。

花弁を一枚一枚丁寧に舐めていくと、細腰が小さく揺れる。反応を愉しみながら、貴仁は淫蕾に舌を巻き付けた。そこを虐めてやると、千緒里はいつも乱れる。今も眠り続けているというのに、蜜口は物欲しげにひくつき、雄の侵入を待ち構えているようだった。

そして貴仁もまた、彼女の中に入りたいと痛いくらいに己を昂らせている。すべての熱が下半身に集まり、強く妻を求めていた。

千緒里の足を広げた貴仁は、脈打つ自身をとば口に添えた。丸みを帯びた先端で蜜口を刺激すると、ぬちゅりと卑猥な音を立てる。

「は……」

ほんのわずか粘膜に触れているだけだというのに、腰が蕩けそうなくらいぞくぞくする。吐息を漏らしながら、貴仁は少しずつ千緒里に自身を埋めていく。雄槍のくびれまで挿れたところで、一気に突き入れたい衝動を堪えつつ乳房を揉み込んだ。

「んっ、ぁ……」

千緒里の声が、先ほどより大きくなる。それでも目覚めないのは、眠りが深いせいなのか、それとも夢と現を彷徨っているのか。

――どちらでも、構わない。

夢だろうと現だろうと、千緒里を抱くのが自分であればそれでいい。そんな欲望を感じつつじりじりと腰を進めていくと、蜜肉が雄茎に絡みついてきた。

「っ、千緒里……」

あまりの締め付けの強さに、貴仁が呻く。天女の末裔との性交だからという以上に、深い快楽に包まれる。神経を麻痺させ、身体の隅々まで愉悦の粒が行き渡る。そんな感覚だ。淫窟の圧搾は苦しいほどだったが、ゆるゆると押し進めていた熱塊を最奥まで到達させた。ただ挿入しただけの状態でも、ひどく心地よさを覚える。

――おまえを愛している。……愛してしまった。

身のうちを焼く狂おしい想いは、千緒里に告げられない。いずれ異形化する自分にその資格はない。だから貴仁は、ただ心の中で愛を伝え、つなげた身体で訴える。己の生涯で女を愛するのは、千緒里が最初で最後だ、と。

「んっ……た、かひと、さん……？」

寝起きでまだ意識が朦朧としているのか、千緒里が呂律の回っていない舌で貴仁を呼ぶ。その声に答える代わりに、己の存在を意識させるように腰を動かした。すると、焦点の合っていなかった目が見開かれ、自分の状態に困惑しながらもあえかな声を漏らす。

「あっ、ん！　さっき、も……いっぱい……した、のに……っ、ん！」

「何度抱いてもまだ足りない。おまえが欲しくてしかたない」

貴仁はそれまでとは一転し、激しく最奥を穿った。

そう、圧倒的に足りないのだ。父のように異形化し、自我を失ってしまうまで、そう長い時間は残されていない。今はまだ片目で済んでいる瞳の変色も、いずれ両目にまで広がっていく。そうなれば、次に待っているのは身体の変形だ。

——俺がまだ人の形を保っているうちは、おまえを愛することをやめない。

「千緒里」

名を呼ぶと、彼女の胎内が収斂《しゅうれん》した。千緒里が貴仁に呼ばれることを喜んでいる証だ。

初々しい反応に、男の凶暴な欲望が膨れ上がる。精神も肉体も、自分なしではいられなくなればいい。依存させて囲い込んでも、彼女とは近い将来に別れが待っているというのに、そう思わずにいられない。

豊かなふくらみに手を這わせ、硬くなっている乳頭を指の腹で擦ってやると、千緒里は無意識に腰を揺すって雄茎を絞る。

「貴仁さ……んぁっ……ぁあっ！」

千緒里の感触を、声や表情のすべてを一瞬でも見逃すまいと、貴仁はひたすらに妻を求めていた。

# 4章　呪縛

六月の雨期に入り、連日しとしとと雨が降っていた。

雨音が耳につき目を覚ました千緒里は、身じろぎしようとするもそれは叶わなかった。貴仁に抱きしめられていたためだ。

――幸せって、こういう時間のことを言うのかもしれない。

自然と頬を緩ませて、千緒里は彼の胸に顔を埋める。

鬼王家に嫁ぎふた月ほど経っていたが、貴仁との関係は良好だった。この家に来た当初よりも、かなり歩み寄っているように思う。

朝は一緒に朝食をとり、夜は彼の帰りを待って夕食をとる。そして、ほぼ毎夜彼に抱かれて眠っていた。

貴仁は、千緒里を子を産む『器』としてではなく、妻として扱ってくれる。そのことが、千緒里は嬉しかった。

「……貴仁さん、そろそろ起きないと……」

少し身体を揺すると、貴仁は長い睫毛を震わせた。ゆっくりと瞼を上げ、美しい黒瞳に自分が映るこの瞬間が、千緒里は好きだった。

「おはようございます」

「……ああ」

起き上がった貴仁は、座卓の上に置いてある錠剤のシートを手に取った。慣れた様子で薬を口に含む彼を見て、千緒里は柳眉をひそめる。

このところ、彼がこうして薬を飲んでいる場面をよく目にするようになった。朝晩はもちろん、時には間を置かずして数錠を口に入れているときもあり、さすがに心配になった。しかし貴仁は、千緒里がなんの薬かと尋ねても、「ただのビタミン剤だ」と、それ以上の追及を許さなかった。

――いったい、なんの薬なんだろう……。

貴仁を見つめていると、気づいた彼が端整な顔を歪めるように笑う。

「朝からなんて顔をしている」

「えっ……」

「俺を好きでしかたがないという顔だ。また抱かれたいのか」

手を伸ばした貴仁が、するりと千緒里の頬を撫でる。輪郭を辿るように指を滑らせたのち唇に触れると、意味ありげに顔を近づけてくる。

キスを誘うような彼の仕草に導かれ、目を閉じかけた千緒里だったが……次の瞬間、貴仁の身体がぐらりと傾いだ。

「貴仁さん……!?」

彼は千緒里に寄りかかり、肩に顔を埋めている。動揺して声を上げると、貴仁は「大丈夫だ」と言って立ち上がった。

「騒ぐな。少しめまいがしただけだ」

「ですが……」

「今日はこのまま出かける。おまえはゆっくりしていろ」

話はここまでだと言わんばかりに切り上げ、貴仁は寝室を出て行ってしまった。ひとり残された千緒里は、彼が飲んでいた錠剤のシートを手に取った。ビタミン剤なら品名が書いてあるはずだが、シートには何も記載されていなかった。

——やっぱりこれは、ただのビタミン剤じゃない。

彼は自分の体調についての話題をことさら嫌がっていた。問うても『大丈夫』だと言うが、異変をきたしているのは明らかだ。それに、『もう長くない身』『病であればまだ救いはあった』と言っていたのは、誰でもない貴仁自身だ。

――今は、考えてもしかたない。貴仁さんを見送ろう。

気を取り直した千緒里が寝室を出ると、着替えた貴仁が自室から出てきた。スーツに身を包んだ彼は一分の隙もなく、つい先ほどめまいを覚えていた人物とは思えないほど凜としていた。

「行ってくる」

「行ってらっしゃいませ。お戻りは何時ごろになりますか？」

「順調にいけば十八時には戻る。夕食は一緒にとれるだろう」

本邸に続く渡り廊下まで彼を見送った千緒里は、自室へ戻った。まだ朝食には早い時間だったため、着替えを済ませると、チェストの中にしまっていた日記帳を取り出した。

千緒里は幼いころから日記を書くことを日課にしていた。一番古い記憶は、五歳のころ。今でも大切にしているしおりのたんぽぽをくれた人物と出会ったときからだ。

それからどんな些細なことでも、日記に記すことにしている。管理された生活だったためそれほど多くの変化はなかったが、それでも自分の生きてきた軌跡を残しておきたかったのである。

――でも、最近は貴仁さんのことばかり書いているな。

初夜を終えて迎えた朝、寂しさを覚えたこと。熱を出した日、貴仁の気遣いを感じて嬉しかったこと。一緒にドレスを選んでくれたことや、初めて名前を呼ばれて喜びを得たこと。ここに来てからは、すべて貴仁にまつわることばかりを記している。千緒里の世界は貴仁を中心に回っているのだから、当然といえば当然なのだが。

嫁いできてからというもの、日記の内容が豊かになっていた。それまでは主に『その日あった出来事』を記すだけだった日記に、自分自身の感情も添えるようになったのである。『寂しい』とか『嬉しい』などと、貴仁と出会うまで感じたことはほとんどなかった。それが今、千緒里の感情は常に動いている。人と関わりを持てなかったことで失われていた心が、貴仁と少しずつ距離を縮めていることで取り戻せているのだ。

貴仁を好きだと気づいた日の出来事から、彼への愛を日記にしたためていた。まるで恋文のように、夫へ愛を綴っている。

——多くは望まない。貴仁さんのそばにずっといたい。

千緒里は、最近貴仁が薬を大量に服用して心配なことや、ずっとそばにいたいと思っていることを日記に書いた。それをもとの場所へ戻すと、やはり考えてしまうのは彼のことだ。

貴仁は病に冒されているのかどうか、いったいなんの薬を服用しているのか。いくら考えたところで答えは出てこない。

——本人に聞いてもわからないなら、ほかの人に聞くしかないけれど……。

そのとき千緒里の脳裏に、ある人物が思い浮かぶ。

「……あの方なら、何か知っているかもしれない」

ひとりで悶々としているよりも、まずは行動をしたほうが建設的だろう。千緒里はそう決意し、午後に行動を起こすことにした。


その日の昼下がり。千緒里は久しぶりに、本邸に足を踏み入れた。義母の葉子に会って話を聞くためである。

葉子には一度義父のことを尋ねてはぐらかされていたが、彼女は貴仁の母で前当主の妻だ。この家の中において、誰よりも彼を熟知しているのは彼女をおいてほかにいない。

貴仁は前当主が罹っている病を『遺伝のようなものだ』と明言を避けた。だが葉子であれば、彼が『遺伝性の病』に罹患しているのか、またはその可能性があるかを知っているはずだ。そこで使用人の富樫に頼み、葉子の部屋まで案内してもらうことになったのだ。

「千緒里様が葉子様にお会いになりたいなんて、珍しいですね」

「……はい。いろいろお聞きしたいことがあって」

義母の住む別邸に足を踏み入れたのは初めてだ。思えば、同じ敷地内に住んでいてほぼ交流をしていなかった。そんな余裕がなかったからだが、当主の妻になっていながら葉子とろくに話せていないのは、千緒里の未熟さゆえである。

「奥様、千緒里様がおいでになりました」

リビングの前に来て富樫が声をかけると、中から出てきたのは意外な人物だった。

「母さんは出かけてるよ。なんか用？」

「和仁様……いらっしゃったのですね」

「自分の家にいて悪いわけ？」

「いえ……申し訳ございません」

やや声を硬くし、富樫が頭を下げる。

部屋にいたのは、貴仁の弟の和仁である。今日は平日だが、彼はTシャツにデニムパンツを穿いたラフな恰好をしていた。

葉子からは、「和仁は家に寄りつかない」と聞いているし、実際に屋敷内で見かけたことはない。だから彼がこの部屋にいるのが予想外で驚きを隠せずにいると、和仁に顔を覗き込まれた。

「久しぶりだね。結婚式以来？」

「はい……ご無沙汰いたしております」

千緒里は、無意識に一歩下がって和仁から離れた。貴仁の弟といっても、これがほぼ初めての会話である。それなのに彼はやけに距離を詰めてくる。夫以外の異性と接することに慣れていないため、それだけで緊張してしまう。

「奥様がいらっしゃらないのであれば、出直したほうがよろしいでしょう」

「そう……ですね。では、失礼いたします」

富樫が出してくれた助け船にホッとし、踵を返そうとする。しかし、和仁は強引に千緒里の腕を摑むと、部屋の中に引き入れた。

「和仁様……何をなさるのですか！　その方は貴仁様の奥様で」

「黙れ！　使用人風情が。鬼王直系の僕に口答えするな！」

和仁はそれまでの態度から一変し、そのまま部屋のドアを閉めた。鍵をかけると千緒里に向き直り、にっこりと笑う。

「せっかくだし少し僕と話そうよ」

「は、はい……」

先ほど聞いた和仁の怒声に顔を強張らせ、千緒里が頷く。

和仁と葉子の住んでいる別邸は、基本的な造りは貴仁と千緒里が住む家と変わらない。ただ、やたらと調度品が華美だった。高級な品だがシンプルなものを好む貴仁に対し、この部屋には派手な装飾が施された調度品が多い。コンソール・テーブルの上に飾られた前衛的なデザインの置物や壁を飾る絵画など、すべて著名なアーティストによる作品である。

義弟と一定の距離を保ちつつ視線を逃がすと、和仁がくすっと笑う。

「母さんの趣味でね。若い芸術家の作品を買い漁っては飾ってる。悪趣味だろ？」

「いえ……そんなことは」

千緒里は、このあと取るべき行動を考えあぐねていた。本当は、すぐにでもこの部屋を出たい。先ほど義弟の富樫に対する態度を見ていたからだ。にこにことして人当たりはいい男だが、いつ豹変するかわからない。

「それで、今日はどうしたの？　兄さんにしっかり囲われてるきみがここに来るなんて、よっぽどのことがあったんじゃない？」

「囲われて、とは……どういう意味でしょうか」

「だって、きみを外に出そうとしないじゃない。出たとしても、兄さんがしっかりガードしてる。『天女花』を持つ花嫁だからって、過保護すぎだと思ってたんだ」

和仁の声は穏やかだった。だが、兄に対していい感情を持っていないのが言葉の端々から伝わってくる。蛇が肌を這うような不快感を覚え、つい眉をひそめた千緒里だが、ここに来た目的を思い出してぐっと耐える。

――この人なら、何か知っているかもしれない。

「……わたしが今日こちらをお訪ねした理由はふたつあります。ひとつは、お義父様についてです。お義父様は、遺伝性の病を患っておられるとお聞きしました。人と会える状態でないほどお加減がよくないのでしょうか」

本当は貴仁の体調について、何か知っていることがないかを尋ねたかった。けれど、滅多に家に寄りつかない和仁にわかるとは思えない。だが、前当主——父親のことであれば状況を把握しているのではないかと思ったのである。

——お義父様が遺伝性の病だとしたら、貴仁さんも和仁さんも同じ病に罹る可能性だってあるもの。きっと、何か知っているはず。

一定の距離を保ったまま義弟に問いかける。しかし次の瞬間、和仁は高笑いした。

「あはははは っ！　まだ兄さんから聞いていなかったんだ。もうとっくに言ってるとばかり思ってたけど、さすがに未来の自分の姿を知られるのは嫌だったのかな」

「え……」

「いいよ、父さんに会わせてあげる。でも、話ができるとは思わないほうがいいよ」

和仁は千緒里の手を取ると、鍵を開けて部屋を出た。そのまま引き摺られるように玄関まで来たところで、男の手を振り払う。

ただ手を握られただけなのに、鳥肌が立っていた。『王天閣』で男に触れられたときと同じ怖気に襲われながらも、千緒里は毅然と問いかける。

「どちらへ行くんですか？　もし外に出るなら、富樫さんにひと言断らないといけないので」

「よく教育されてるねえ。でも、敷地内からは出ないよ。庭にある蔵に行くだけ。まあ、無理にとは言わないけどさ、僕がいないと中には入れないと思うよ」

——蔵、って確か……。

初めて屋敷に来たときに、立ち入り禁止だと説明を受けた場所である。嫁いできてからというもの、ほぼ家の中で過ごしていたため気にも留めていなかった。

「……行きます」

この機会に、少しでも貴仁にまつわることを知っておきたい。それは、妻としての責務もあったが、好きな男のことを理解したいという気持ちのほうが強い。彼があまりにも自分のことを語らないからだ。

だから貴仁を理解するには、千緒里自身が動かなければならない。そうしなければ、いつまでも彼との距離が縮まらないだろう。

「いいよ、連れて行ってあげる。大事な義姉の頼みだしね」

とてもそうとは思っていない口調で言うと、和仁は散歩にでも行くような気軽さで玄関のドアを開けた。緊張して後を追うと、男は本邸の裏に回り、鬱蒼と生い茂る竹藪の中へ入っていく。

庭園の散策すらしていなかったため、見える景色は新鮮だった。けれども、楽しんでいる暇など今はない。立ち入り禁止だと言われる場所になぜ義父がいるのかが疑問だったし、和仁とふたりきりでいることが正直嫌だったのだ。

義母と話したときに感じた貴仁へのよそよそしさとは違い、和仁は明らかに兄を嫌っている。悪意といってもいい感情が伝わり、千緒里は息苦しかった。

――どれだけ冷たい態度を取られても、貴仁さんには不快感を覚えなかった。

鬼王家によって生活を管理されてきたため、これまでの人生で接触した人間は限られている。しかも異性は貴仁以外を知らないに等しい。それゆえに、最近まで自覚がなかった。

自分の身体が、貴仁以外の男を拒んでいることを。

『王天閣』で迫ってきた男は他人だが、和仁は義弟――身内である。それでも触れられるのが嫌なのだから、もう千緒里の身体は夫以外の男を受け付けなくなっているのだ。

――それでもいい。わたしが好きなのは貴仁さんだけだから。

しばらく竹藪の中を進んでいくと、やがて和仁が足を止めた。

「着いたよ。あそこに父さんがいる。セキュリティを解除できるのは、母さんと兄さん、そして僕だけなんだ」

そこは、人目を避けるようにして建つ土蔵作りの蔵だった。

和仁が指紋認証のモニターに指を当てると、鉄製の扉が解錠する。中に足を踏み入れると二枚の扉があり、和仁は同じように解錠し、目の前に現れた地下へ続く階段へ千緒里を促した。

「久しぶりに来たけど、辛気臭い場所だよね」

しんと静まり返る中、和仁の声がコンクリート壁に反響する。階段内部は人感センサーのライトが壁面に埋め込まれていて、ふたりのいる場所を照らしている。だが、進む先は暗闇で終わりが見えず、ブラックホールに吸い込まれていくような奇妙な感覚に陥った。

長く続く階段の終わりにようやく着くと、ふたたび扉が現れた。蔵に入ったのと同じ手順で解錠した和仁は、内部が見えるように扉を大きく開く。

「あそこ、檻が見えるでしょ？　中にいるあれが、父さんの成れの果てだよ」

「成れの……果て……？」

千緒里は、その異様な光景に息を詰める。

四方をコンクリートで固められた室内の中心が、天井に埋め込まれたダウンライトの光で照らされている。その下には巨大な鉄格子の檻があり、中には見たこともないような生物が鎖でつながれていた。

「あ……あれは、いったい……」

「正真正銘、鬼王家の前当主……僕の父さんだけど？」

和仁は笑顔で答えると、ためらいなく室内に足を踏み入れた。だが千緒里は、その場から動くことができない。未知の生物を前に、本能的に恐れているのだ。

「大丈夫だよ。鉄格子が張り巡らされている有刺鉄線には電流が流れてるから、檻の中から逃げられない。首と手首を鎖でつながれてるしね。それとも、もう帰る？」

「い……いえ」

ここに来ることを望んだのは千緒里だ。逃げ帰るわけにはいかない。

覚悟を決めて室内に入ると、ゆっくりと檻へ近づいていく。室外からでも檻の中の生物の異様さは伝わってきたが、近づくとさらにそれがよくわかる。身に着けた襤褸切れから覗く肌は焼け爛れたように醜く、肩甲骨が翼のように隆起している。さらに頭蓋には、まるで鬼のように二本の角が生えていた。

そう――檻の中にいたのは、物語の中でしか見ることのなかった鬼の姿に似ていた。

「これがきみの会いたがってた父さんだよ。僕が前に会ったときは、ここまでひどくなかったんだけどなあ。もう僕のこともわかんないだろうね、これ」

「どうして、こんな……本当に、お義父様なんですか……?」

千緒里は、震える声で和仁に問いかける。それほどに、目に映る光景は異様だった。

義父本人かどうかというよりも、とても人間には見えない。檻との間は三メートル程度の距離があったが、息が詰まるような臭気が充満している。檻の中の生物は、まるで獣が威嚇するかのように低く唸り、安全だとわかっていても恐怖に襲われる。

「どうして父さんがこんなふうになったのか……それは、鬼王の当主が呪われた存在だからだよ。いずれ兄さんも、父さんみたいに自我を失って化け物になる」

「そんな……だって、貴仁さんは何も」

目の前の光景だけでも信じがたいというのに、義弟はさらに千緒里を混乱に導く。

「言えないよねえ。自分が化け物になるなんて。だから兄さんは、化け物になる前に『天女の末裔』に跡取りを産ませる必要がある。それなのに、きみが二十歳になるまで娶らなかったんだ。うるさい一族の人間を抑えつけて、婚姻を遅らせた。自分の命がいつ尽きるかもしれないのにさ。兄さん、時々目が金色になるだろ？　あれは余命宣告なんだ」

和仁は薄ら笑いを浮かべながら、まるで他人事のように兄のことを語った。

貴仁が、歴代当主よりも強大な『異能』を有していること。それゆえに、余命が短いこと。瞳が金に光るようになったときから、一族の者たちから「早く千緒里を嫁に迎えろ」と急かされていたこと。しかし彼は、「未成年の嫁など認めない」と、二十歳になるまでは婚姻を結ばないと宣言していたこと。

和仁からもたらされた話は、すべて初めて聞いたものばかりだった。

――貴仁さんは、わたしを待ってくれていたんだ。

確信した千緒里は、ぐっと胸が詰まるのを感じる。

命が短いという話が真実であれば、彼が婚姻を遅らせる理由などないはずだ。千緒里が産まれたときから婚約者になったのだから、法的に問題がなければすぐにでも娶り、跡継ぎを産ませることこそ当主の務めだろう。

それでも彼がそうしなかったのは、『天女の末裔』を憐れんでいたのではないかと千緒里は思う。

若くして鬼王家に嫁いだ自身の母……葉子は、貴仁に対してよそよそしかった。彼らの間に何があったのかはわからない。ただ彼は初夜のとき、『おまえは俺を憎むようになる』と言っていた。それは、母親が当主を憎んでいる姿を見たからではないのか。

もっともそれは、ただの想像に過ぎない。確かなのは、『未成年の嫁など認めない』と貴仁が言い、千緒里が二十歳を迎えるまで娶らなかったことだけだ。

——一度も会ったことがないのに、婚約者として大事にしてくれていた。

思いがけず貴仁の行動を知ることになり、千緒里はますます彼への想いが強まった。いっさい千緒里に告げることなく、貴仁は当主の権限で婚約者を守っていた。因習を忌み嫌いながらも連綿と続く鬼王の呪いに抗えず、それでも彼なりに足掻いていたのだ。ただの『器』だと言いながら、その実千緒里を誰よりも人として扱っていたのは貴仁だった。それが、心を深く震わせる。

——会いたい。貴仁さんと話したい。

千緒里が強く思った、そのときである。

「兄さんは、じきに死ぬ。そうしたら、僕がきみをもらってあげるよ」

「え……」

「兄さんが死ねば、次の当主は僕だ。もともと僕は、もしものときのための保険としてこの世に産まれただけのオマケだったけど……これでようやく、セカンドポジションから抜け出せる。天女の末裔とのセックスは鬼王の男にとってかなりの快感だっていうし、今から楽しみでしかたないよ」

和仁は、まるで実の兄が死ぬことを望んでいるような口振りだ。彼が亡くなった後のことを喜々として語る義弟が、恐ろしくなる。顔を強張らせた千緒里が、一歩後退する。けれどもすぐに距離を詰められ、手首を摑まれてしまった。

「痛……っ」

痛みに顔をしかめたものの、和仁は気にも留めなかった。手首に指を食い込ませるかのように力をこめると、おもむろに千緒里を引き寄せる。

「そんなに怯えないでよ。傷つくなあ。僕との再婚は、きみにとっても悪い話じゃないよ。僕は兄さんたちと違って化け物にならない。呪いが顕現するのは、長男だけだからね」

「は、離してください。わたしは……貴仁さんの妻なんです」

「自分の意思で結婚したわけじゃないだろ。もうすぐ死ぬ人間に義理立てしなくてもいいよ。それよりも、先の長い僕たちが仲良くしておいたほうが今後のためになる。違う？」

勝手な理屈を並べ立てる男を前に、千緒里は恐ろしさで身が竦んだ。

ぞわりと怖気が肌を走り、膝が震える。貴仁以外に触れられることを全身で拒否しているのだ。千緒里にとって、夫は貴仁ただひとりだけだし、仮に彼が先に亡くなることがあろうとも、ほかの男と再婚するつもりはない。

「……たとえこの先何があっても、わたしがあなたと再婚することはありえません」

今にも気を失ってしまいそうな恐怖を覚えながらも、千緒里は決然と言い放つ。すると、それまで笑顔を浮かべていた和仁は表情を一変させた。怒りに顔を歪め、摑んでいた手首を突然横へ引く。

「きゃ……！」

バランスを崩した千緒里がコンクリートの床に倒れ込む。それと同時に、馬乗りになった和仁はゲラゲラと笑い声を上げた。

「馬鹿だねえ、きみは。兄さんは化け物になる。あの檻の中で命が尽きるまで一生を過ごすんだよ。それなのに、再婚を拒むなんて馬鹿げてる。それとも、身体から落としたほうが早いのかな」

和仁の手が、服越しに乳房を鷲づかみにした。甚振《いたぶ》るように強く揉まれ、千緒里は恐怖で身を固くした。

「い、や……ッ」

「そういえばきみ、『天女花』が開いているんだって？　数百年に一度の貴重な存在で、鬼王家に吉祥をもたらすって話だよね。何が起こるんだか知らないけど、それって僕のために咲いた花じゃないかって思ってたんだ」

力の加減もいっさいせずに胸を揉みながら、和仁は滔々と語る。

「同じ鬼王の男なのに、兄さんだけ傅かれるなんておかしいんだよ。でも、兄さんが死ねば僕が当主になる。しかも、『天女花』を開花させた花嫁付きなんて最高じゃない。そうだ、きみの『天女花』見せてよ。子どものころに見た母さんの花は薄くて蕾だったから、開花した状態って見たことがないんだよねえ」

ぎくりと身体が強張る。そんな千緒里を嘲笑うように、和仁はシャツを引き裂いた。ボタンが弾け飛び、ころころと檻の中へと転がると、ボタンに興味を示した異形の者が手を伸ばした。その刹那、

「ぐぎゃあああああっ」

有刺鉄線に掠ったことで、電流に皮膚を焼かれた異形の者が絶叫する。その声は人間のそれではなく、獣の雄叫びのようだった。床をのたうち回る変貌した父を見た和仁は、堪えきれないというように哄笑を上げた。

「あはははは。今の見た？　いずれ兄さんもあんなふうになっちゃうんだよ。嫌だねえ、あれはもうただの汚物だ」

苦しみ悶える異形者の絶叫と、目の前の男が見せた薄情な姿におののき声にならない。真に恐れを抱いた人間は声すら出せず、身体の芯から震えるだけなのだと千緒里は初めて知った。

――い、や……嫌っ、嫌……っ！

心の中で声にならない叫びを上げ、まなじりから涙が零れ落ちる。けれども涙を見ても思い留まるどころか、和仁はブラを引き上げて千緒里の乳房をあらわにさせた。

「驚いた……本当に開花しているんだ。しかも、すごい濃く出てる」

左胸に咲く『天女花』を見た和仁が、感嘆の声を漏らす。だが、千緒里はただひたすら恐怖に耐え、震える唇を噛みしめるだけだった。

この蔵の中は、厳重なセキュリティによって守られているうえにここは地下だ。異形の者——前当主を人目に触れさせないための措置だろうが、今の千緒里には絶望的な状況だ。泣いても叫んでも助けはこない。この場に来るまでにあった鉄の扉を解錠できるのは、和仁のほかに貴仁と葉子だけ。しかしそのふたりは、現在不在だ。

貴仁の体調を案じるがゆえの行動だった。しかし、彼の身を蝕んでいるのは病などではなく、古より続く呪いだった。夫が抱えていた事情を知ることができたものの、ほかの男に穢されては彼に合わせる顔がない。

「『天女の末裔』は、ほかの女と何が違うのかな。楽しみだ」

「や……めて」

千緒里は喉を振り絞り、震える声で懇願する。欲望に塗れた義弟の視線にさらされる嫌悪の中、それでも必死で抵抗を試みた。

「わたし、の夫は……貴仁さん、だけ……だから、こんなこと、は」

「ああ、もう！　貴仁貴仁ってうるさいなあ！　どうせ鬼王家のための『器』のくせに生意気なんだよ！」

それまで笑っていた和仁から笑みが消えた。覆いかぶさってくると、苛立ちを隠さずに千緒里の胸のふくらみに指を食い込ませる。

「散々兄さんに抱かれたくせに、何抵抗しようとしてんの？　僕だって鬼王の男なんだから、きみにとってはどっちでも変わらないよ」

和仁の呼気が肌を這うだけで、どうしようもない厭忌《えんき》に精神が蝕まれていく。この男に触れられたくない。肌を許すのは貴仁だけだと全身が叫ぶ。

「違……う」

鬼王の男と契りたいわけじゃない。千緒里自身が、貴仁を好きになった。彼と距離を縮めていくにつれ、愛情が生まれたのだ。不器用で美しい孤高の存在。そんな貴仁の姿を知り、寄り添いたいと思った。

「わたしが、好きなのは……あなたじゃ、ない」

「それが勘違いなんだよ！　よく考えてみなよ。鬼王の当主が『天女の末裔』を求めるのが本能なら、『天女の末裔』は当主を憎むのが本能のはずだ。末代まで呪いをかけるほど鬼王を憎んでいた天女が、いくら末裔とはいえ鬼王の男を好きになるはずがない！」

怒声を浴びせかけられ、自らの想いを否定された千緒里は、それでも首を振る。

自分が『天女の末裔』で、たとえ本当に天女が鬼王の始祖を憎んでいたとしても関係ない。自分の心は自分だけのものだ。この身に流れる血に惑わされたりなどしない。

――貴仁さんが好き。この気持ちだけは、誰にも否定されたくない。

千緒里は改めて自身の心を確認し、毅然と和仁を睨んだ。これほど強い感情を抱いたことなど、これまでの人生にない。

産まれたときから貴仁の許嫁として育ち、自由な生活を送れなかった。それが運命なのだと受け入れてきた。けれども、彼の花嫁となり初めて知ったのだ。人を愛する喜びを。

「僕が欲しいのは、当主の権限。それと、当主に必要な『天女花』を持つ花嫁だけだ。きみの気持ちなんて関係ないよ」

無情に言い放った和仁は、左の乳房に咲く『天女花』に唇を寄せた。千緒里が怖気に耐え、必死で身を捩った。そのときだった。

「う、わぁっ！」

突如和仁が、千緒里の身体から引き剝がされた。ものすごい力で背後に投げ飛ばされ、鉄格子にたたきつけられると、「ぎゃあああっ！」と悲鳴が上がる。鉄格子に流れる電流に感電したのだ。

皮膚と服が焦げた独特の臭気が鼻についたと同時に、千緒里は自分を見下ろしている男に気づいて空気の漏れたような声を上げる。

「ぁ……」

助けに入ったのは、不在だったはずの貴仁だった。彼は無言で千緒里の身体に上着をかけると、弟のもとへ歩み寄る。和仁は床に這い蹲ったまま、兄を見上げて口角を上げるも、感電の影響ですぐには動けないようだ。

なんの感情も宿さないまま実弟を見下ろした貴仁は、次の瞬間、床から和仁を引き上げると、その身体を再度鉄格子へと押し付けた。

「ぎっ、ぎゃあああああっ！」

和仁の絶叫が、冷たいコンクリートに囲まれた部屋に吸い込まれる。びりびりと空気を裂くかのような叫喚に、檻の中の異形が反応して咆哮する。この世のものとは思えない声が響く中、貴仁は眉ひとつ動かさず実弟を痛めつけていた。

「貴仁、さん……っ」

千緒里はまだ震えている身体を気力で起き上がらせ、彼の名を呼んだ。このままでは、和仁の身が危険だ。いくら襲われかけたとはいえ、和仁を痛めつけて欲しいわけではない。

貴仁は千緒里の声に反応し、弟から手を離した。どさっと床に崩れ落ちた男は、神経が麻痺しているのかぴくぴくと身体を痙攣させている。だが、意識は失っておらず、命の危険はないようだ。

「くそ……覚えて、ろよ……」

和仁の悪態を聞いてひとまず安堵した千緒里だが、その場に膝をついた貴仁が、弟の髪を摑み顔を上げさせた。ひと言も発さないまま視線を合わせると、なぜか和仁の四肢が陸に打ち上げられた魚のように跳ねる。口をだらしなく開き、だらりと涎を垂らしている様子に、千緒里はぎょっとした。

——なんだか、様子がおかしい……？

よろける足でなんとかふたりのもとへ向かった千緒里だが、貴仁の瞳を見て息を吞む。それまで片目のみに現れていた瞳の変色が、両目に広がっていたのだ。禍々しくもあり、神々しくもある双眸を目にして、足が前に進まなくなってしまう。

——どういう、こと？

貴仁は何もしていない。ただ、弟に視線を注いでいるだけだ。それなのに和仁は、口から泡を吐いて白目を剝き、今にも命の灯が消えてしまいそうなほど弱っていた。

「貴仁さん……っ」

嫌な予感がした千緒里は、思わず彼の背に抱きついた。貴仁は身じろぎひとつしていないというのに、和仁の状態は尋常ではなかった。なぜだかひどく危険な気がして、彼に語りかける。

「わたし、は……貴仁さんが助けてくれたので、無事です……ありがとうございます」

「……邪魔をするな。こいつは、おまえを勝手にこの場に連れてきたうえに、犯そうとしたんだ。俺にしかできない方法で始末してやる」

『始末』という単語を聞いて息を詰める。やはり彼は、なんらかの方法で和仁に危害を加えていたのだ。

しかし今は、そのことに気を取られている場合ではない。この場に来て初めて貴仁が声を出したのは、会話をするつもりがあるということだろう。なんとか彼を止めようと、千緒里はさらに言葉を継ぐ。

「わたしが、お義父様にお会いしたいと……お願いしたのです。本当は、お義母様にお話があったのですが、ご不在で……」

「富樫から聞いた。だから俺は戻ってきたんだ」

和仁に部屋を追い出された家政婦が、危険を察知して貴仁に知らせたのだ。彼女の判断が千緒里を救った。もし少しでも連絡が遅ければ、無事では済まなかっただろう。

「……勝手な真似をしてすみませんでした。わたし、どうしても貴仁さんの体調のことが気になって……お義母様なら、何かご存じではないかと……」

千緒里が説明していると、貴仁は突然弟から手を離した。すでに気を失っているのか、重力に従ってぐしゃっと床にたたきつけられた男に興味も示さず、彼が振り返る。金に染まっていた双眸は黒瞳に戻り、先ほど発していた得体のしれない圧は消えていた。

「おまえがここへ連れて来られたということは、あれの正体が父だとわかっているんだな」

「……はい」

　檻の中にいる異形の者に目を遣った貴仁は、憂いを帯びたため息を吐き出す。

「あれは、前当主だった男……俺の父だ。そして、俺の未来の姿でもある。おまえには……おまえにだけは、知られたくなかった」

「っ……」

　貴仁の声は悲痛だった。父が異形になってしまったことへの苦悩か、己がいずれ父と同じ道を辿ることへの嘆きか、あるいは、千緒里に真実が明かされたことへの口惜しさか。

　確かなのは、彼の声を聞いた千緒里が身を切られるような苦しさを覚えたこと。それだけ彼が『異形の者』を秘匿したがっていたことだけだ。

「そう遠くない未来に、俺も異形へ変化する。そうなれば、自我などないただの獣だ。それこそが、天女が自分を犯した男にかけた……逃れることのできない呪いだ」

「そんなことって……」

「鬼王家当主は『異能』を有して誕生する代わりに、長くは生きられない。天女を犯して子を成したことで家は栄えたが、代償として当主は化け物になる。どれだけ科学が発達しようとも、この呪いだけは解かれない」

　あまりに悲劇的な事実に、千緒里は言葉が続かなかった。鬼王一族に連綿と受け継がれてきたのは、権力でも富でもない。逃れられない呪いだったのだ。

天女の怨念は、長い年月をかけても解かれることはなかったのだと、檻の中にいる元当主が物語っている。変わりゆく父を見てきた貴仁は、どれだけ心を痛めたことだろう。いずれ己の身にも表れる変化を目の当たりにし、恐怖を覚えないはずがない。

「……おまえに手を出そうとした和仁を許すわけにはいかない。こいつは絶縁する」

「え……」

貴仁は立ち上がると、千緒里を肩に担ぎ上げた。驚いていると、室内に焦った声が響き渡る。彼の秘書である桧山だ。老人の姿を認め、貴仁は無情な声で命令する。

「桧山、和仁を始末しておけ。それと、富樫は解雇だ」

「た、貴仁さん……富樫さんを解雇って、どうして……」

「富樫は、おまえと和仁をふたりきりにするべきじゃなかった。どういう状況であれ、この家に嫁いできた花嫁を身を賭して守るのが、世話を任された者の務めだ」

貴仁は淡々と告げ、地下室を後にする。部屋から出る直前、彼の肩で揺られていた千緒里が桧山へ目を向け、家政婦の処遇について訴えようとする。だが、意図を汲み取った老人に首を振られ、無力感に苛まれながらぎゅっと貴仁にしがみつく。

――わたしがお義母様に会いに行かなければ、こんなことにはならなかった。

富樫の件だけではない。和仁のこともそうだ。夫の体調を心配して行動を起こしただけで、他人を巻き込むつもりなど毛頭なかった。

強い自責の念を感じた千緒里は、もう一度思い直してもらおうと貴仁に声をかけようとする。ところが蔵を出た彼は、屋敷を通り過ぎ、別の方角へ足を進めた。

「どこへ……行くのですか」

「誰の目にも触れない場所だ」

端的な返答をした男は、屋敷には目もくれずに庭園の奥へと進んでいく。

いつも窓からしか見ていなかった庭園は、風雅と呼ぶにふさわしい造りだった。天女が羽衣をかけたと言い伝えられている松の木を過ぎると、薄曇りの中でも見事に映える築山が見えてくる。さらに奥にはツツジも咲き誇り、このような状況でなければ景色を存分に味わうことができただろう。

しばらく歩いた先にある竹藪へと踏み入った貴仁は、中ほどまで進むと足を止めた。そこで千緒里を下ろし、目の前にあるコンクリート壁の建物のセキュリティを解除している。

「ここは……」

「書庫だ。当主のみが立ち入ることが許されている」

見るからに強固な鉄の扉を開けると、もう一枚同じ扉が現れる。よほど貴重な書物が収められているのか、蔵と同等のセキュリティの厳重さだった。

中に入ると、窓ひとつないコンクリート壁一面に書架が備え付けられており、天井まである高さになっていた。中央には同様の書架が並び、さながら巨大な図書館のようである。

「今日からおまえはしばらくここで暮らさせる」

「え……どうして、ですか……？」

「安心しろ。地下には人が住めるだけの設備はある。何も不自由はない。ただし、外には出さないがな」

貴仁は千緒里の腕を掴み、扉の脇にある地下へ続く階段を下りていった。

蔵と違って階下には扉はなく、一階の半分ほどの空間が広がっていた。壁際にセミダブルのベッドが置いてあるほか、居住するには充分な家具と家電が揃っていた。室内の奥には擦りガラスの扉があり、ユニットバスになっているようだ。

「おまえの世話は桧山にさせる。俺とあいつのほかには、おまえは人目に触れさせない」

「ど、どうして……あっ」

千緒里をベッドに突き倒した貴仁は、苦悩を滲ませた表情を浮かべた。

「どうして、だと？　『王天閣』ではほかの男に言い寄られ、和仁には危うく犯されそうになっているんだ。……おまえは、誰の妻だと思っている」

彼は珍しく感情を剝き出しにしていた。和仁に引き裂かれたシャツをブラごと脱がせ、乳房に唇を寄せる。ふくらみを甘嚙みされた千緒里は、びくりと身じろいだ。

「んっ……た、かひとさ……わたし、まだ、お話、が……」

「いずれ異形になる夫と、子を成すのが怖くなったか？」

「違……っ、わたしは……富樫さんの解雇を思い留まってもらえないかと……」

「他人の心配をしているとは、ずいぶんと余裕だな。俺は、おまえを逃がさないと言っている。泣こうが喚こうが、絶対に離さない」

乳首を唇で食まれ、胎内がずくりと甘く啼く。

和仁に触れられたときに感じなかった悦びを覚え、身体から力が抜けてしまう。こんなふうに身を任せるのは、貴仁にだけだ。ほかの男になど目もくれないというのに、それでも彼は安心できないのだ。それは、千緒里を信じていないのと同義だった。

「鬼王家の当主はこうしてもう何代も天女の末裔を凌辱してきた」

顔を上げた貴仁は、乳首を指で転がしながら独白のように継ぐ。

「時には逃げようとした花嫁もいたらしいが、どうなったかわかるか？　連れ戻され、監禁されて犯され続けるんだ。――今のおまえみたいに」

「あっ、く……ぅっ、ん！」

左の乳頭を強く吸われ、千緒里は嬌声を漏らした。右のふくらみは乳首を押し出すような動きで揉みしだかれ、首を振って刺激に耐える。

たとえ強引にされようとも、貴仁に犯されているとは思わない。彼が好きだからだ。これまでの天女の末裔たちがどうだったかは知る由もないが、千緒里にとっては愛する人との性交だ。だからこそ、胎内が悦びに濡れる。ほかの男が相手ではありえない反応だ。

「んっ……貴仁さ……嬉し、い……」

貴仁が信じてくれないのなら、何度でも伝えようと千緒里は思う。

たとえこの先彼が異形になる運命なのだとしても、夫婦になったことに後悔はないし、子を成すことも怖くない。それよりも、気持ちを信じてもらえないほうがよほど怖い。千緒里が心を寄せる存在は、貴仁ただひとりだけだから。

「どうして、おまえはそうやって……っ」

千緒里の言葉を聞いた貴仁は、激情をぶつけるように唇を重ねた。

苛立ちと遣る瀬無さが複雑に入り混じる声を聞き、彼の胸のうちを知りたいと思うのに、唇を塞がれているために叶わない。

だから千緒里は、せめて気持ちが伝わるように願いをこめて、貴仁の背中に腕を回した。自ら受け入れる仕草をすることで、犯されているわけではないのだと、己が望んでいる行為だと伝えたかったのだ。

「んんっ、ふっ……んむっ」

舌を吸い出され互いに搦め合うと、狂おしいほどの情欲が湧いてくる。男を知らなかった無垢な身体は、淫らな女の肉体になっていた。けれど、相手が誰でもいいわけではない。貴仁だけが千緒里を変化させるのだ。夫を愛おしむただの女へと。

――好きです……あなたが、好き。

心の中で呟きながら、夢中でキスに応える。貴仁に抱かれ、どうすれば彼が満足できるのかを覚え込まされた。最初は口づけですら翻弄されていたはずが、すっかり夫のやり方に慣らされている。

「……いっそ、泣き喚いて詰られれば気が楽になれたかもしれないな。そう思うことすら傲慢だとわかっているが」

唇を離し、貴仁が独白する。至近距離で見る彼の顔は、息が苦しくなるほど苦渋に満ちていた。

千緒里が逃げようとすれば、監禁も凌辱もためらわず行うのだろう。しかし千緒里は、貴仁に求められ、その腕の中に捕らわれることを是としている。それがわかっているから、やさしいこの男は己の行為を悔いるのだ。

「それでも、おまえを離さない。この命尽きるまで、絶対にだ」

涼やかな容貌からは想像もできないほど、男は激情を滾らせていた。瞳は金に変色していない。鬼王の本能ではなく、彼自身が千緒里を強く求めている。

「嬉しい……」

彼の宣言で心が喜びに支配された千緒里は、自然と笑みを零した。

産まれたときから貴仁のために生きてきた。『天女花』をその身に宿した者の運命を粛々と受け止め、そこに意思は介在していなかった。

だが千緒里は今、夫を愛し、彼に求められている。これまでも隔絶された世界での生活を送ってきたのだから、貴仁に閉じ込められるのなら本望だとすら思う。

「……離さないでください。わたしも、離れたくない……」

千緒里は陶然と彼に想いを伝える。それが、貴仁に対してできる唯一のことだからだ。

「馬鹿な女だ。……きっと俺もおまえも狂っているのだろうな」

言葉は辛辣だが、響きは剣呑さを感じない。それどころか、慈しむようですらある。

――狂っていてもいい。あなたと一緒なら。

貴仁への想いが千緒里の芯を強くしている。たとえ間違いでも構わない。今は、彼の心が安寧を得るためにできることをするだけだ。

わずかに自嘲の笑みを浮かべた貴仁は、千緒里の纏っていた服をすべて脱がせた。その手つきに荒々しさはなく、抵抗せずに身を任せる。

千緒里が無抵抗でいることに、貴仁は苦笑めいた笑みを零した。ネクタイを緩めると、ポケットの中から件の錠剤シートを取り出した。

「それは、いったい……」

「これは、鬼王の本能を抑え込むための薬だ。気休め程度には効く。だが、薬は一時的なものだし、延命にはならない。それでも服用しているのは、いずれ化け物になろうとも、少しでも自分の意思を長く持っていたいだけだ」

彼がシートから錠剤を出し、そのまま喉に流し込む。その姿を見て、千緒里はその想いを理解する。本能を抑制するための薬を使用する理由など、今の彼にはない。しかし貴仁は、本能のまま千緒里を抱くことを拒んでいる。自らの意思で妻を抱くのだという決意だ。

「ありがとうございます……貴仁さん」

「なぜ礼を言う」

「あなたが、わたしを見てくれているから……本能ではなく、わたしを欲してくれていることが嬉しいからです」

千緒里の返答に、貴仁は虚を衝かれた表情を見せた。けれどもすぐに、整った顔に陰りを落とす。

「おまえは……実の弟を殺そうとした場面を見ていたくせに、なぜ俺を恐れないんだ？　止められなければ、俺は和仁を殺していた。この身に宿る『異能』を行使すれば、労せず命を奪える。これまでもそうして葬ってきた者がいる。それでもおまえは、俺が好きだと言えるのか？」

「……はい。あなたが好きです。貴仁さんは、わたしにとって唯一の夫です。過去に何があっても、この先に何が起ころうとも、わたしは……あなただけを愛しています」

まるで嫌われることを乞うているかのような貴仁の問いかけに、千緒里は真っ向から愛で答える。彼の写真を初めて見たときに感じた『王子様』ではなかったけれど、想いは失せるどころか増している。

「憐れだな、おまえは。だが俺は、そんなおまえだから……惹かれた」

それは、とても分かりにくい男が最大限に見せた愛情表現だった。

千緒里の目に喜びの涙が滲んだとき、足を大きく広げさせた貴仁は恥部に唇を這わせた。ねっとりと割れ目を往復し、花弁を口に含んで吸引する。淫芽が切なく疼き、快感に痺れた腰がベッドで撥ねる。

「んっ、あ……っ」

幾度となくこうして愛撫を受けているが、そのたびに感じ入ってしまう。強引にされてもやさしく扱われても、彼に愛でられた身体は喜悦を覚え、何も考えられなくさせられた。だが、今得ている悦楽はこれまででもっとも深い。貴仁から自身に対する想いを告げられたことで、千緒里の身体は悦びに打ち震え、通常よりも多くの悦を享受する。

「は、ぁっんっ……ん、くぅっ」

唇で肉粒を扱かれた千緒里が男の淫戯に酔いしれていると、おもむろに唇を離した貴仁は指で肉筋を左右に割った。淫らに膨れた花蕾を唇で挟み、蜜孔に指を差し込む。

淫孔はぬぷりと淫猥な音を立てて指を吸い込んだ。蜜に濡れた肉筒で指を動かされると、悪寒に似た感覚が背中を駆ける。千緒里は思わず両手を上げて枕を掴み、刺激に耐えた。

「あぁっ！　たか、ひと……さ……んっ」

男の指を咥え込んだ淫孔が蠕動している。指を動かされるたびに愉悦に襲われ、舌で花蕾を転がされると腰がわなないた。

彼の髪が内股を掠める感触すらぞくぞくとして、白いシーツが蜜に濡れる。つま先を丸めてシーツに食い込ませれば、力の入った下肢が指をぎゅうっと締め付けた。

「貴仁、さ……好き……っ、あっ……ずっと、あなたのそばに、います……っ」

快感に蕩けながらも、千緒里は舌に想いをのせる。

『狂っているのだろうな』と彼は言った。いずれ異形になり自我を失うことをわかっていながら妻を手放せない貴仁と、身体を貪られ束縛されてなお、誠心を伝え続ける千緒里。傍から見れば狂っているかもしれないし、歪な関係なのかもしれない。

「そばに、いろ。一生、因習の鎖に囚われてしまえばいい」

淫芽から唇を外した貴仁は、蜜孔を犯していた指を引き抜いた。その手でズボンの前を寛げていきり立つ自身を取り出すと、千緒里の両足を肩に引っ掻ける。濡れそぼる蜜孔に雄棒をあてがい、すぐさまそれを突き込んだ。

「あ、あああ……ッ」

いきなり最奥まで貫かれた千緒里は、視界が揺らぐほどの快楽を味わった。指では得られない充足感で、胎の中がうねりを増して熱杭にしがみついている。貴仁の形を教え込まれた淫洞は、己の意思に関係なく欲を貪ろうと収斂した。

「何度抱いても、初めてのときと同じきつさだな」

「んっ、はぁっ……貴仁さ、んっ、苦し……」

「おまえが締めるからだ。俺が欲しいと、全身で訴えてくる」

貴仁は一度腰を引き、すぐさま奥を突いてくる。ベッドが軋むほどの激しい打擲《ちょうちゃく》に蜜は掻き出され、ふたりのつながりからは、ぐちゅっ、ぬちゅっ、と蜜音が鳴り響く。柔肉が雄肉の形に拡がり、振動が快楽となって千緒里の意識まで侵食していく。

――今だけは、貴仁さんのことだけを考えたい。

この狂おしく甘い密事が終われば、待ち構えている現実を直視せねばならない。けれども、今だけは愛する夫と身体を重ねる喜びに浸っていたい。千緒里は快感に浮かされる思考で決断し、ますます貴仁に溺れていく。

男の抽挿は激しさを増し、腰をたたきつけられた衝撃で視界が歪む。彼の動きに合わせて豊かな胸のふくらみが上下に揺れ動き、全身が甘く痺れていく。

「千緒里……千緒里……っ」

貴仁の声は切なさを含んでいたが、その眼差しには愛が宿っていた。応えるように千緒里が両腕を伸ばせば、体勢を変えた彼が抱きしめてくれる。

彼の重みも、匂いも息遣いも、身体を淫悦の頂点へ引き上げる。雄杭の先端で媚肉をこれでもかというほど穿られ、千緒里は彼のシャツを握り締める。

「あ、ぁっ……ぁああ……ッ」

蜜窟が楔を締め上げて、吐精を促すように緊縮する。忘我の極致へ達した千緒里だが、貴仁の欲望は収まる気配を見せず、窄まる蜜窟の中をずんずんと掘削する。

「あぅっ、また、きちゃ……ンンッ！」

「何度だろうといかせてやる。おまえは俺だけのものだ……千緒里。俺だけを目に映し、俺だけのために身体を開け」

耳もとで囁かれた千緒里は、めまいのするような多幸感で意識が薄れる。

視界には、たったひとりの愛する夫と無機質なコンクリート壁のみが映っている。

閉ざされた空間は、まるで世界にふたりきりであるかのような錯覚をさせる。それはとても幸せで、ほんの少しだけ悲しいような気がした。

# 5章　本心

書庫で監禁されるようになり、五日が過ぎたころ。一階で本を読んでいた千緒里のもとに、貴仁の秘書を務める桧山が訪ねてきた。

監禁されてからの間、食事を運んでくれていたのは桧山である。そのほかにも、日常生活に必要な品は屋敷から持ってきてくれていた。

だからてっきり食事の時間なのだと思った千緒里だが、老人からもたらされたのは、まったく予想外の出来事だった。

「そんな……お義父様がお亡くなりになったなんて……」

前当主の訃報を聞かされた千緒里は、あまりの驚きで持っていた本を床に落としてしまった。それを拾った桧山は、淡々と事実だけを口にする。

「前当主の亡骸は、鬼王家の持つ研究機関により解剖が行われ、すでに火葬されております。葬儀などの儀式はいっさいございませんが、初七日を終えてから和仁様と葉子様は屋敷から追放措置が取られることになりました」

「えっ……」

義父の死亡の報せに驚いたのもつかの間、義母と義弟が追放と聞かされた千緒里は、桧山を凝視した。

千緒里を襲った和仁に対し、貴仁は怒りを煮え滾らせていた。鬼王家の当主に備わる『異能』を用いて、実弟を殺そうとしたくらいだ。けれども、そんなことを千緒里は望んでいない。まして葉子まで追放するなど、夢にも思わなかった。

「どうして、そんなことを……」

「和仁様は、貴仁様の『異能』に触れて恐ろしくなったのでしょう。『二度と戻らない代わりに不自由しない金を寄越せ』とおっしゃって、貴仁様はそれを受け入れました。葉子様は和仁様を溺愛されておりますので……和仁様が追放されるなら、この家に留まる理由はない、と」

桧山の説明を聞き、千緒里はなんとも言いがたい遣る瀬無さを覚える。前当主が亡くなった今、貴仁にとって葉子と和仁は唯一の肉親だ。それなのに、いつ異形になるかもしれない恐怖を抱く彼から、なぜ離れることができるのか。

――血は水よりも濃いなんて、とんだ嘘なのね。

確かにこれまで彼ら三人は、家族らしい交流をしていなかった。それでも、鬼王家の当主としての責務を一身に引き受けている貴仁を、支えようとするのが肉親ではないのか。

「わたしは……肉親の情というものに、期待しすぎていたのかもしれませんね」

ぽつりと呟いた千緒里は、自身の実家のことを思い出す。

両親は、産まれたときから鬼王家当主の許嫁になった千緒里を大切に扱った。それは愛情というよりも、腫れ物に対する扱いだとわかったのは、小学生の高学年になってからだ。ほかの生徒から聞く両親の話は、千緒里にとって新鮮だった。なぜなら学友らは、自分の親に叱られた経験をしていたからだ。いずれも理由は、『我儘を言ったから』『宿題をしなかったから』という些細なものだが、それでも千緒里は羨ましかった。学友たちが、両親に向き合ってもらえている気がしたからだ。

——わたしが何をしても、両親は怒らなかった。

欲しいものがあればなんでも与えられた。常にやさしく接してくれていた。異性と接することだけを除き、両親は願いを叶えてくれた。すべては、千緒里を鬼王家当主の花嫁にするため……自分たちの生活を豊かにするためだ。

しかし、そうと知っていても、両親を恨むことはなかった。普通の親子関係とかけ離れてはいたが、彼らは彼らなりに愛情を持って接してくれていたから。

——でも、お義母様や和仁さんは、違う。

その身を冒す呪いと戦う貴仁を支えるどころか、逃げ出してしまった。貴仁は、千緒里も同じように離れると思っているから、こうして閉じ込めているのかもしれない。

「……今日は、貴仁さんはこちらに来られますか？」

「ええ。そう伺っております」

「わかりました。それと、もうひとつだけ教えてください。富樫さんは、その後どうされましたか？」

「富樫は、自ら屋敷を去りました」

桧山の返答を聞いた千緒里は、またしても驚いてしまう。

「貴仁さんには、富樫さんを解雇しないようにお願いしていたのですが……」

「富樫は、今回の件で責任を感じていたようです。貴仁様も慰留されたのですが、意思が固かったようで……残念です。彼女は、鬼王家に四十年お仕えしてきた使用人ですから」

冷静だった桧山の声に、わずかに感情が交じる。千緒里も世話になっていただけに、別れの言葉すら言えなかったことが悔やまれてならない。

「……すべて、わたしのせいですね」

「いえ、それは」

慰めの言葉を遮るように首を振り、千緒里は静かに目を伏せた。

「どう言い訳をしようと、お義母様たちの追放も、富樫さんの退職も……自分の行動が引き金となって起きたことです。それは、わたしの罪でしょう」

自分の行動が誰かの人生に影響を及ぼすなど、今まで経験がない。特異な環境で育てられ、隔絶された世界で生きてきた千緒里は、圧倒的に経験が不足している。だから、もっと学ばねばならない。貴仁と生きていくために。

「……いずれ、富樫さんにお礼に伺いたいです。貴仁さんが許してくだされば、ですが」

「千緒里様のお気持ちは、富樫に伝えましょう」

先ほど拾った本を差し出した桧山は、書名を見て「おや」と目を瞠る。

「これは……天女についての文献ですね。なぜこの本を？」

「少しでも、『呪い』について何かわかればいいと思ったんです。鬼王の当主に呪いをかけたのは、天女なのですよね。それなら、天女について知識を得れば、呪いを解くヒントが得られるのではないかと」

書庫に監禁され、貴仁か桧山が訪れなければ、千緒里はひとりきりだ。だが、いつ夫が異形になってしまうかもしれないときに、漫然と時を過ごすわけにはいかない。幸いここには多くの文献があり、調べものをするには好都合だった。

「『解呪』……それは、鬼王の歴代当主たちの悲願でもあります。ですから、これまで当主たちは己の亡骸を後世の役に立てるよう、専門機関を設けたのです。もちろん、近代になってからの話ですが」

「だから……前当主の亡骸は、解剖されたのですね」

「はい。ですが、結果は思わしくありません」

桧山は苦渋に満ちた表情で、ため息をついた。

そもそも鬼王家の長兄にかけられた『呪い』というのが、非科学的なものだ。なぜ当主にのみ異形化が発症するのか、亡骸を解剖したところで解明できていないという。

そして、当主の『異能』についても謎が多い。当主と『天女の末裔』との間に産まれた子でも、『異能』を受け継ぐのは長兄、すなわち当主のみだ。それがなぜなのか、始祖たる天女でもなければわからないことだろうが。

「わたしは、貴仁さんの『呪い』を解きたいのです。……あの人と、これからも生きていきたい。そう思っています」

「千緒里様のお気持ちが届けば、このような不自由な暮らしが終わるはずです。……あの方は、ある意味あなた様と同じです。家のために生き、肉親の愛情を知らずお育ちになった。ですから、初めて手に入れた愛を失うことを恐れているのです」

閉じ込めなければ、いつ誰に奪われるやもしれないと……千緒里を繋ぎとめておくには、こうして囲い込むしか方法はないと、孤高の当主は思っている。

痛ましそうに語る桧山に、千緒里はゆるりと首を振る。

「不自由ではありません。もともと、頻繁に外出する生活ではありませんでしたし、貴仁さんが安心するのなら、わたしは喜んでここに留まります」

実父が亡くなった今、貴仁もこれまで以上に強く死を意識しているに違いない。

人間でなくなる恐怖を理解できるとは思わない。その立場にいない者が簡単に共感できないだろう。千緒里にできることは、貴仁に寄り添うこと。何があっても離れないと、その身で示すことだけだ。

「必ず、呪いを解く方法を見つけてみせます」

確固たる意思で宣言すると、「私もそれを望んでおります」と桧山が頭を垂れる。

老人の想いを受け取り千緒里が『解呪』への決意を胸に刻んだとき、室内の空気が揺れた。鉄扉が開いたのだ。そちらを見れば、スーツ姿の貴仁が歩み寄ってくるところだった。

「何をしている」

「桧山さんからお話を聞いていました。……お義父様がお亡くなりになったのですね」

それ以上なんと声をかけていいかを迷い、千緒里が口を噤む。貴仁は桧山に書庫から出るよう目で促すと、「下に行くぞ」と千緒里の腕を引き、地下へと移動した。

ベッドに腰を下ろした彼に続き、となりに座る。すると、ネクタイを緩めた彼がおもむろに口を開いた。

「父のことを聞いたのなら、母たちや富樫の話も知っているのか」

「……はい。いけなかったでしょうか？」

「いや。いずれ話そうとは思っていた。それが、少し早くなっただけのことだ」

貴仁の声は、実父を喪ったばかりだとは思えないほど冷静だった。千緒里に、というよりは、自分自身を納得させるかのように話し始める。

「もともと父母や和仁とは、『家族』というよりも赤の他人のような関係だった。母からは『化け物』だと恐れられ、和仁からは『兄さんばかり力を持って傅かれるのは不公平だ』と事あるごとに言われていた。父は……家庭を顧みるような男ではなかった」

幼いころより身内の情を感じられず、ただ鬼王家の当主としてのみ生きることを義務付けられた。産まれたときより生活を管理されていたというから、ある意味千緒甲と同じように不自由な幼少期を送ったのだろう。

「父母も和仁も、俺が肉親だという意識はなかった。俺も父が死んでも特に感情が動かないし、母や弟を屋敷から追い出すことになろうとも心は痛まない。そんな家と男に嫁がされたおまえは……憐れだな」

どこか自嘲的に語る貴仁に、千緒里は思わず抱きついた。彼があまりにも寂しげだったからだ。

貴仁は、なんの利害も関係ない無償の愛情を注がれた記憶がなく、愛されることに慣れていない。だからこうして閉じ込め、千緒里の目を自分だけに向けさせることでしか安定を得られないのだ。

この家に嫁いできた千緒里を憐れだと彼はいうが、そうは思わない。むしろ、『異能』を持つがゆえに孤独にならざるを得なかったこの男こそ寂しいと思う。

「わたしは、憐れではありません。貴仁さんを好きになれてしあわせです」

千緒里は貴仁を包み込むように抱き、自身の言葉を伝える。

「あなたを怖いと思わないし、絶対に逃げません。だって……わたしを待っていてくれたのでしょう？　和仁さんから聞きました。『未成年の花嫁など認めない』と、わたしを娶ることを拒んでいたこと。わたしが成人するまで待ってくれた貴仁さんは、やさしい人です」

「……違う。おまえが考えるような綺麗な話じゃない。俺は」

「あなたがどういうつもりでも、わたしにとっては今お話ししたことが真実です。跡継ぎを残さなければいけないのに、あなたはそうしなかった。それは、わたしを……『天女の末裔』を、お義母様のようにさせたくなかったのではないですか？」

「違う……違う、違う！」

激高した貴仁が、強引に千緒里の身体を引き剝がした。自身の額を片手で覆い、すべてを拒むように双眸を固く閉ざす。

その姿を見た千緒里は、彼が泣いているような気がした。涙を流しているわけではない。けれど、深く傷ついた心が悲鳴を上げている。自分ではどうしようもない『鬼王の血』に翻弄され、嫌悪しながらも抗えない運命が、彼を苛んでいた。

千緒里の心が貴仁に感化されたように切ない痛みを発し、息をすることさえ苦しくなってくる。この男に寄り添いたい。そう強く感じ、ふたたび彼を抱きしめた。

わずかに身体を強張らせた貴仁だが、振り払うような真似をせずにそのまま無言で抱きしめられていた。受け入れられたのかは定かではないが、彼に拒絶されなかったことに安堵する。

よけいなことは言わず、千緒里はただ貴仁の背中を撫でた。

いくら情の薄い家族だったとはいえ、父を喪い、母と弟が去った。それだけではなく、いずれ異形となる恐れもあるのだ。身のうちに時限爆弾を抱えた状態で、心が疲労しないわけがない。

「そばにいます。わたしは、逃げません」

愚直なまでに千緒里は、己の胸のうちをさらす。彼が孤独に苛まれないように、最期のときまで共に在ると何度でも伝えようと決めている。

「おまえは、これを見ても同じことが言えるか？」

貴仁は千緒里を振り払い立ち上がった。ネクタイを首から引き抜きシャツのボタンを外すと、それを脱ぎ去って背を向ける。

彼の背中を見た瞬間、千緒里は息を詰めた。なぜなら、貴仁の右肩甲骨から背筋にかけて、肌が焼け爛れたように変色していたからだ。

――前当主……お義父様と同じようになっている……？

千緒里は、地下室で檻の中にいた貴仁の父の姿を思い出す。

醜く焼け爛れたような肌、翼のように隆起する肩甲骨。頭蓋から突き出た二本の角――

今の貴仁は、前当主の肌の状態と酷似していた。

「父を見たおまえなら、これがどういう意味かわかるはずだ。……異形化がもう始まっている。姿形だけが変わるんじゃない。いずれは自我を失い、おまえを殺してしまう可能性もある。血のつながった者でさえ逃げ出すというのに、それでもそばにいられるか？」

「……います。あなたをひとりにはさせません。わたしは、何度もそう伝えているのに……それでもまだ、信じられませんか？」

立ち上がった千緒里は、彼の背に両手で触れた。赤黒く変色し、爛れている皮膚に指を這わせる。信じて欲しいと願いをこめた仕草に、貴仁が声を硬くする。

「……やめろ」

「やめません。……貴仁さんは、わたしを『命尽きるまで離さない』と言ってくれたのに、どうしてわたしのことは信じてくれないのですか？」

「違う。……おまえを信じていないわけじゃない」

「それなら、どうして……」

「俺は……っ、おまえを殺してしまうかもしれない自分が怖いんだ……っ」

血を吐くような悲痛な声で、貴仁が叫ぶ。

「おまえのためを思うのなら、離れたほうがいい。それでも、自分の意思ではもうおまえを手放せない。俺が信じられないのはおまえではなく……自分自身だ」

自我を失えば、千緒里に危害を加えるかもしれない。にもかかわらず、手放せない。そう語る貴仁からは、言葉にせずとも妻への愛に苦悩しているのがありありと伝わってきた。

「変わりゆく父の姿を間近で見てきて、いずれ自分も異形と化すのだと覚悟をしたつもりだった。だが、いざ身体に変化が現れると……怖くなった。死ぬことが嫌なんじゃない。おまえのことすらわからなくなり、傷つけることが怖いんだ、俺は」

それでも千緒里をこうして閉じ込め、逃がせない自分を貴仁は嫌悪していた。

妻を愛しているからこそ苦しんでいる。そんな夫を前に、千緒里はただ祈るようにして彼の背に額を寄せる。

「ごめんなさい、貴仁さん……わたしも、自分の意思ではあなたのそばを離れられません」

「……殺される可能性があってもか」

「はい。でも、わたしは……死ぬかもしれない可能性よりも、貴仁さんと一緒に生きていく可能性を探りたいと思っています」

「何を言っているんだ？　おまえは……」

振り返った貴仁が、困惑を隠さず千緒里を見据える。その視線を受け止めると、己を鼓舞し、堂々と告げた。

「貴仁さんの呪いを解く方法を見つけます。……必ず見つけてみせます」

＊

千緒里と話してから一週間後。貴仁は、とある例会に出席していた。

鬼王の事業に携わっている者が集まる通称『王会』と呼ばれるその会は、鬼王家の所有する『王天閣』で開かれる。グループ企業の社長が集まり、各社の事業内容について意見交換を行う。

本家筋に近い者が社長の座に就いていることもあってか、先に逝去した前当主について話題が上がった。彼らにはこれまでの慣例に従い、火葬が済んだのちに文書でのみ亡くなったことを伝えている。そのため、今日話題になるのは当然の流れである。

「――当主。お父上のご逝去、心よりお悔やみ申し上げます」

「ああ。心遣い感謝する」

この日は以前に開いたパーティーと違い、着座式で行われた。部屋の中央にロングテーブルが配置されており、貴仁が上座に着くと一同が頭を垂れる。出席者を見渡した貴仁は、次にくる言葉の予想がついていてため息が出た。

父である前当主が亡くなった今、鬼王本家の血を引く男は貴仁と和仁。そして千緒里を娶った今、必然的に跡取りの話になる。次代の当主誕生は、今後の鬼王家の繁栄のために必要不可欠だからだ。

「お父上亡き今、当主には一刻も早く跡継ぎを儲けていただかなければなりませんな」

貴仁の予想通り、集まった者たちは次期当主誕生を待望していると口々に語る。

散々聞かされてきた話だが、ひどく煩わしさを覚える。己の役割は嫌というほど理解しているものの、異形化の兆候が表れ、いよいよ命の期限が迫っているのだ。そんなときに跡継ぎの話をされれば、神経を逆撫でされてもしかたない。

「ふん……おまえたちは、口を開けば『跡継ぎ』のことばかりだな。貴様らの待望とやらのためだけに、当主である俺を急かすか」

「いえ、当主。我々は、ただ」

「──黙れ。これ以上俺を不快にさせるな」

冷ややかに言い放ち、貴仁は一同を見据える。この場にいる者は、歴代当主の中でも稀代の『異能』を宿す貴仁の恩恵に与っている。そして、その力がどういった類のものかもよく心得ていた。

「……申し訳ございません。出過ぎた発言でした。なにとぞご容赦ください」

先の発言をした男が頭を垂れると、それに倣って周囲も頭を下げる。しかしそれは、真の謝罪をしているわけでもなければ、恭順を示しているわけでもないと貴仁も心得ている。

──俺が化け物になったら、見向きもしなくなるだろうな。

彼らが従っているのは、貴仁が人ならざる『異能』を有している鬼王家当主だからに過ぎず、用済みになれば塵も同然の存在となる。

──だが、みすみす道具になってやるつもりなど毛頭ない。

完全に異形化するまでの時間は、もうそれほど多く残されていないだろう。刻一刻と肉体が『呪い』に蝕まれていくのがわかる。

──だから貴仁は、その間に、なんとしても千緒里を鬼王家から解放してやりたかった。それなのに、己の心がそれを拒むのだ。いっそ彼女から離れてくれればとも思ったが、狂おしいほど彼女を求め、己のそばに縛り付けてしまう。背中に父と同じ兆候が表れたときから、相反するふたつの感情に苛まれていた。

しかも千緒里は、『呪いを解く方法を見つけてみせる』と宣言した。『一緒に生きていく可能性を探りたい』とも。彼女の想いが、貴仁の心を激しく揺さぶる。

──『天女花』を宿して産まれさえしなければ、普通のしあわせが摑めただろうに。

異性と接することが許されなかった千緒里にとって、初めて肌を許した男は特別な存在となっている。それが自分であることが、貴仁は嬉しいと思う。しかしその一方で、憐れんでもいた。千緒里の感情がただの刷り込みではないかと……閉ざされた世界にいたからこそ、目の前の自分に好意を寄せたのではないかという想いを捨てきれないからだ。

「今日はもう閉会とする。今一度言っておくが、二度と跡取りのことは口にするな」

思考に沈んでいた貴仁は席を立つと、一同に告げて部屋を出た。

もしも跡取りを残さず貴仁が異形化した場合、鬼王の親戚一同は次の男——直系の男子である和仁を千緒里にあてがうだろう。ただ、子を産ませるためだけに。

過去の文献には、『天女の末裔』と第二子との間に子が儲けられた事例も記されていた。次男に呪いが発動しないのであれば、その子どもにも呪いは発動しないのではないかと考えた先祖らが、次男に『天女の末裔』を娶らせたのだ。

しかし思惑に反し、その赤子には呪いが受け継がれている。そうして鬼王家は、権力と富と引き換えに、呪いを受け継いできた。己の利だけを追求する一族が、『天女花』を開花させた吉祥の証である千緒里を解放するはずがない。

「……思い通りにさせてなるものか」

自分以外が千緒里を抱くと考えただけで、血液が沸騰しそうな怒りに支配される。それは本能なのか、貴仁自身の感情なのか、あるいはその両方かもしれない。

『王天閣』を出て駐車場に停めていた車へ向かうと、貴仁に気づいた桧山が後部座席のドアを開いた。無言で乗り込んでシートに深く背を預け、額に手をあてる。

「貴仁様、体調がすぐれないのでしたら、お屋敷へ戻られますか？」

運転席に収まった桧山に問われるも、首を振る。

「一度、オフィスに戻る」

自分にどれだけの時間が残されているかわからないため、貴仁は異形化が進む前にできることはすべて行うと決めていた。

仕事は問題ない。たとえ自分がおらずとも、また新たな人間がトップに据えられるだけ。一時混乱はあっても、すぐに何事もなかったように会社は動く。

——だが、あいつのことだけは誰にも任せられない。

千緒里を愛する前であれば、異形化が始まろうとこれほど動揺せず、生に執着もしなかった。何もかもを諦め、ただ漫然と死に向かって時を過ごす人形でいられただろう。

しかし貴仁は、千緒里を愛してしまった。胸が掻き毟られるほどの恋情は、異形化の兆しを見せた身に重く圧し掛かる。

「身を切られるこの痛みこそが、鬼王の男に課せられた試練か」

ひとりごちた貴仁に、運転席の桧山が遠慮がちに話しかける。

「……千緒里様は、呪いについて調べていらっしゃいます。あの方が本当に貴仁様を想っていらっしゃるのは、私にもわかります。ですから、どうか貴仁様も希望をお持ちください。吉祥の花嫁である千緒里様であれば、解呪の方法を見つけられるかもしれません」

「あいつは俺にも、呪いを解く方法を見つけると宣言していた。……無駄なことを」

何百年と続いている呪いを解くなど、現実的ではない。それよりも貴仁は、自分が異形化したあとの千緒里の身の安全を確保することを考えていた。愛する女をこの手で傷つける前に、鬼王の一族が彼女を利用しようとする前に、安全な場所へ逃さねばならない。

「……この身はもう長くもたない。解呪の方法が見つかる前に、俺の命は尽きるだろう」

冷静に告げた貴仁は、一週間前の会話を思い返す。

千緒里の宣言を聞いたとき、驚きで声にならなかった。異形化の兆しを見せてもおののくどころか触れてくる彼女が、どうしようもないほど愛しかった。感情のまま犯したい衝動に駆られ、その場で服を剝ぎ取って何度も欲を注ぎ込んだ。

——最低だな。

千緒里が受け入れてくれるのをいいことに、彼女を犯し続けている。己の浅ましさと傲慢さに嫌悪した貴仁は、爪が食い込むほど強く手のひらを握り締めた。


帰宅したのは日付を跨いでからだった。

もともと住んでいた別邸に一度戻った貴仁は、すぐに書庫へ足を向けた。どれだけ遅くなろうとも、千緒里の顔を見なければ落ち着かないからだ。

セキュリティを解除して地下室へ行くと、すでに千緒里は眠っていた。その傍らには、書庫から持ってきたと思われる本が数冊、それにB6サイズのノートが置かれている。

貴仁がベッドに腰を下ろしても起きる気配はなく、千緒里は熟睡していた。昨夜も散々抱いたのだから無理もない。

――やはり、呪いを解く方法を見つけるつもりなのか。

何気なくノートを手に取った貴仁は、パラパラとページを捲る。すると、ノートの中から滑り落ちた紙片を見て目を瞠る。

「これは……」

紙片を拾った貴仁は、呆然と呟いた。それは、たんぽぽを押し花にしたしおりだった。

それを見た瞬間、幼き日の千緒里の顔が脳裏に蘇る。

たんぽぽは、かつて貴仁が幼い彼女に贈った花だ。たった一度だけ会いに行った婚約者の幼女。あのとき見た千緒里は、未来への希望に満ちていた。

「おまえは……あのころと変わっていないのかもな」

自身の状況を悲観せず、ただ前を向いている。控えめに見えて、存外意思が強い。それが千緒里という女だった。

しおりをノートに戻そうとページを開く。てっきり調べた文献を纏めているのだとばかり思っていた貴仁は、予想を裏切られた。それはただのノートではなく、千緒里の日記だったのである。

「っ……」

すぐに日記帳を閉じようとした貴仁は、視界の端に捉えた文字を見て手を止める。自分の名を見つけたからだ。

そこには、この屋敷に来たときからの千緒里の心情が綴られていた。

夫婦として心を通わせたいと思って嫁いできたこと。結婚式の最中、指輪の交換の際に、『因習の鎖だ』と貴仁が呟いたことから、結婚に乗り気ではないと気づいたこと。それが、寂しかったこと。

「……おまえには、つらい思いばかりさせていたな」

ぽつりと呟き後悔を滲ませる。日記帳を閉じようとした貴仁だが、そうすることができなかった。なぜなら、どのページにも己の名が記されていたからだ。

不可抗力とはいえ、人の日記を盗み見るなど卑しい行為だ。それでも、千緒里の綴る文字から目が離せない。

『パーティードレスを選んでもらえて嬉しかった』『ほかの人に触れられたとき鳥肌が立った。貴仁さんにしか触れられたくない』『貴仁さんを好きだと気づいた』『貴仁さんが、最近よく飲んでいる錠剤が気になる』――すべてのページに自分の名があり、貴仁にとっては些細だと思える出来事さえ、千緒里は嬉しそうに記していた。

「どうして、おまえは……」

日記帳を持っている手が、かすかに震えた。

貴仁は、決していい夫ではない。ただ子を産む『器』として千緒里を扱い、情を求められることを拒んだ。名を呼ばず、一線を引き、ただ本能の赴くままに身体だけを求めた。

しかし、いつからか自分自身の意思で千緒里を抱きたいと思うようになった。抑制剤を使い本能を無理やり封じ、異形化までの限りある時間の中で彼女と夫婦でありたいと願った。

けれども、そんな願いは千緒里のためにならない。現にこうして誰の目にも触れさせず監禁している。そのことに昏い喜びすら覚えるのだから、どこまでも罪深い。

——それなのに、どうして俺を好きだと言えるんだ。

胸が押しつぶされたように、グッと詰まる。目の奥が熱く、視界が歪む。

なぜ。なぜ、なぜ——何度も繰り返し脳裏に疑問が響く中、最新のページに記された言葉を見た貴仁は、とうとう堪えられずに落涙した。

『もしも呪いが解かれず貴仁さんが異形化してしまったら、自分ももう生きてはいない』

千緒里も、貴仁の異形化が始まれば、自分がどう扱われるのかを理解していた。

鬼王家当主が跡継ぎのほかに男子をもうひとり儲ける意味を考えれば当然だ。当主である貴仁との間に子どもを儲けていない以上、次の当主との間に子を成すことを強要される。

千緒里は、それを拒むつもりだ。貴仁が異形化し、ほかの男に娶らせられるくらいなら死を選ぶと言っているのだ。

「俺には……そのような価値などない」

愛している女を縛り付け、手放せない。その苦しさから逃れるために、千緒里を愛する前に死ねればよかったとさえ思う情けない男だ。

貴仁の黒瞳に熱い涙が溢れ、日記帳を濡らす。こんなふうに涙を流すなど、これまでになかった。鬼王の次期当主として幼少より教育され、いずれ己が異形になることを知ると絶望した。だが、それを周囲に悟られることなく感情を押し殺して生きてきた。

鬼王のために生き、最期は異形となってこと切れる。それがこの家に産まれた者の定めだと諦めてきた。

「……それなのに、おまえは俺ですら諦めている命を諦めないのか」

眠り続ける千緒里に声をかける。すると彼女の睫毛が小さく震え、ゆっくりと双眸が開いた。

「貴仁さん……?」

何度か目を瞬かせた千緒里は、貴仁の頬を伝う涙を見てハッとしたように起き上がる。

「どこか具合が悪いんですか？　すぐに桧山さんを……」

「……違う」

瞼を閉じた貴仁は、顔を俯かせた。己の卑小さを自覚し、千緒里の顔が見られない。

彼女が命を懸けて愛を捧げるような男ではない。ただ、初めて愛した女を手放せない子どもじみた執着をしているだけ。己の欲を優先する卑怯な男だ。

「……なぜ、たんぽぽのしおりを？」

貴仁が問いかけると、千緒里が少し戸惑った声で答える。

「昔、お会いした方にもらったんです。もう顔も覚えていない人ですが、会話だけはなぜか鮮明に覚えていて……それから二度と会えませんでしたけど、出会ったことを忘れないようにしおりにしたんです」

――あのときのたんぽぽだったのか。

千緒里にたんぽぽを渡したのは、さして意味があったわけではない。ただの気まぐれに過ぎない行動だった。にもかかわらず、彼女は十数年大切な思い出として心に残していた。

それが貴仁の心を震わせる。

「おまえが会ったのは俺だ」

「え……」

「ただ、ひと目顔を見ようと思っただけだった。幼い身で、鬼王に管理され不自由な生活を送っている婚約者は、どんな顔で生活をしているのかと……不満を抱えているだろうと思った。だが、おまえは笑った。俺の嫁になるのだと、屈託なく」

瞼を開けた貴仁は、たんぽぽのしおりを眺める。あの日の出会いがあったから、千緒里の笑顔が少しでも長く続く生活を送って欲しいと願ったから、二十歳になるまで娶ることを拒否した。そのはずだった。

——それが、なんというザマだ。

十五年前の自分のほうが、よほど千緒里のしあわせを考えていたではないか。貴仁が己の情けない有様に顔を歪めたときである。

「あのときわたしが会ったのは、貴仁さんだったのですね……」

千緒里の嬉しそうな声が聞こえて思わず顔を上げると、彼女の指先が頬に触れる。

「ありがとうございます、会いにきてくれて。あのとき、『望みがあるなら、誰に遠慮することなく意思を貫けばいい』と言ってもらえたから、心を強く持つことができました」

たとえ家のための婚姻であっても貴仁と心を通わせたいと思うのは、あのときの言葉があったからだと千緒里は言う。

「わたし、たんぽぽをくれた人はずっと女の人だと思っていました。きっと、女性としか関わることを許されなかったからでしょうね……とても綺麗な人だと思ったことだけは覚えています」

懐かしそうに語る千緒里を見て、貴仁の胸が鈍く軋む。鬼王家と夫に縛り付けられてもなお礼を言う。彼女の在りようがつらかった。

「どうして、泣いているのですか……?」

貴仁の目尻から零れ落ちた涙を目にした千緒里は、涙を拭うように唇を寄せた。あたたかなぬくもりだ。このまま、永遠に浸っていたいほどに。

「離せ」

けれども貴仁は、己の甘さを排するように千緒里に告げた。一瞬びくりと動揺して指を外した彼女と視線を合わせると、困惑した表情を浮かべている。華奢な肩を力いっぱい抱きしめたい衝動を理性で抑え込み、意識して淡々と告げる。

「おまえを解放する」

「え……」

「俺が死ぬまでの間、この屋敷で好きに過ごせ。その後は……生活に困らないよう計らうから、鬼王から逃れて自分の人生を生きろ。間違っても、俺のあとを追って死ぬような真似をするな。そんなことをされても、迷惑だ」

それは、貴仁が千緒里にできる最大限の愛情表現だった。自分が死んだあとは、鬼王家から解放されてしあわせに暮らして欲しい。残された時間は、そのために使おうと決めた。

身を切られるような胸の痛みは、千緒里に対する執着の証だ。その痛みを表面には出さず、貴仁は己の覚悟を口にする。

「俺はもうおまえを抱かない。鬼王の呪われた血を受け継ぐのは俺で最後だ」

最初からこうすればよかった。それができなかったのは、貴仁の弱さであり狡さだ。千緒里を愛し、自我が失われるまでは夫婦でありたいと思った。その執着こそが、もうずっと嫌悪していた鬼王の男そのものの卑しさだというのに。

「戻りたければ屋敷に戻れ。富樫はもういないが、ほかにも使用人はいる。何かあれば桧山か使用人に言えばいい」

貴仁はそう告げると、日記を千緒里に手渡した。ショックを受けている彼女から視線を逸らして立ち上がり、地下室を出て行こうとする。しかし、その背に千緒里がしがみついてきた。

「待ってください……！　わたしは、貴仁さんと一緒にいたい。あなたの呪いを解いて、この先も夫婦として生きていきたいんです……っ」

「俺は、そうは思っていない。近いうちに朽ちる身に期待するのはよせ」

本心と正反対の言葉は、千緒里を傷つけるためだけに発したものだ。そうすることでしか手放せない愚かしさに歯噛みして、貴仁は背中に縋る女を振り払う。

千緒里の幸福のために、残された時間のすべてを使う。そのために、どれだけ彼女を悲しませようとも構わない。それが、自らに課した貴仁の決意だった。

扉を開け放って外に出ると、雲間から月が覗いていた。

鈍く輝く月明かりに照らされて地面に映し出された影は、まだ人間のものだ。それがいつ化け物となるのか、考えるだけで吐き気がする。ぐらぐらと視界が歪み、自分がどこに向かっているのかわからないような焦燥感に襲われた。

――この痛みは、あいつを傷つけたことへの痛みか。

ぬかるんだ土を踏みしめながら、本邸へ向かっていたとき、

「貴仁さん……！」

千緒里の悲壮な声が背後から聞こえ、ふたたび背中に抱きつかれた。

「嫌です……どうして、そんな諦めるようなこと……っ、わたし、は……」

涙声で訴える千緒里は、熱情に身を焦がしていた。白い陶器のような肌、烏の濡れ羽色のような髪。抱きしめれば折れそうなほど華奢な身体だというのに、その内側になぜこれほどの激情を滾らせることができるのか。

――俺が狂わせた。

千緒里の世界を自分だけに染め、何者をも視界から排除した。その結果がこれだ。鬼王の始祖が犯した罪も己が現在犯している罪も、醜悪さにおいては大差ない。

貴仁が罪悪感に苛まれ、ゆるりと振り返った。そのときである。

心臓が、どくりと音を立てた。

内臓が焼けるような感覚を覚え、思わずその場に膝をつく。

「貴仁さん……!?」

千緒里の悲痛な叫びが耳朶をたたく。それと同時に全身が痙攣し、おぞましい声が脳を揺さぶる。

天女を犯せ。犯せ、犯せ犯せ犯せ――……。

視界が金に染まる。思考が本能に支配され、欲望に塗れていく。

――こんなところで、発作か……っ。

貴仁は忌々しく思いながら、ポケットの中にある錠剤のシートを探った。だが、そのとき背中に鋭い痛みが走り、呻き声を上げる。

「う、あ……ぐっ」

「どこか痛むんですか!? すぐに誰か呼んできます!」

立ち上がりかけた千緒里の腕を摑んだのは、ほぼ無意識だった。

涙に濡れた千緒里と視線が交わり、どうしようもない愛しさがせり上がる。それは、本能ではない。貴仁自身の感情だ。

肉を抉られるような痛みを背中に感じながら、貴仁は千緒里に唇を押し付けた。

やわらかな唇に舌で割り入り口腔へそれを挿し込むと、血液が煮え滾ったかのように体温が上がる。『犯せ』と内から聞こえてくる声を精神力で抑え込み、千緒里の唇を貪る。

この女は『天女』ではなく自分の妻だ。脈々と受け継がれてきた鬼王の血に抗い心の中で叫ぶと、涙に濡れた彼女の頬に触れる。

「千緒里……おまえを……愛している」

「え……」

「だから、俺は、おまえを鬼王から……解放したい」

背中の激痛と本能に侵されて意識の薄れる中、貴仁は本心を口にする。

それを契機に千緒里の頬に触れていた手がずるりと滑り落ち、痛みに耐えきれなくなった身体が地面に沈む。

「貴仁さん！　貴仁さん……っ」

夜のしじまを切り裂く千緒里の声を最後に、貴仁は意識を失った。

＊

「……ん」

屋敷の寝室で目を覚ました千緒里は、ひどく頭が重いことに顔をしかめた。けれどもすぐに我に返り、身体を起こしてとなりに目を遣る。

千緒里のとなりでは貴仁が眠りについていた。目覚める気配はないが、その表情が穏やかであることに安堵する。

昨夜貴仁が倒れると、千緒里は急いで屋敷へ向かい人を呼んだ。幸いなことに桧山がいたため事情を説明し、すぐに彼を屋敷へ運んだ。その後、鬼王の専属医が屋敷を訪れ、貴仁の処置を行った。

医師の説明では、貴仁の異形化が進んでおり、身体が負荷に耐えられず意識を失ったとのことだった。医師の話を裏付けるように、彼の背中の皮膚の爛れは広がっており、肩甲骨も通常より隆起していた。

——異形化が、あんなに苦しみを感じるものだったなんて。

今は鎮静剤が効いて眠っているが、昨夜の貴仁はひどく苦しそうだった。額には汗が滲み、かなり体温が上昇していた。ようやく症状が落ち着いたのは明け方になってからで、千緒里は彼のとなりで眠りに落ちたのだ。

——悠長にしていられない。一刻も早く呪いを解かないと……。

千緒里は立ち上がると、使用人に断って書庫へ足を向けた。

書庫は昨夜のまま扉が開け放たれており、施錠されていなかった。一度扉が閉まると貴仁以外では解錠できないため、開いていたことに安堵する。

扉を閉めないまま中へ入ると、昨夜貴仁と交わした会話が脳裏を過ぎる。

『俺のあとを追って死ぬような真似をするな』『もう抱かない』——そう告げられたとき、心臓が張り裂けそうなほど衝撃を受けた。彼は呪いが解ける可能性を信じておらず、千緒里を遠ざけようとしていた。

――でも、全部わたしのためだった。

恬淡とすらしていた貴仁の物言いだったが、すべては千緒里を思いやってのことだと、冷静になった今は理解できる。なぜなら彼は、自分が死したあとについて言及していたから。

自らが異形となったのち、千緒里が鬼王家に利用されぬようにと――言葉の内側にはやさしさが潜んでいた。本能に抗い、ただの夫として求めてくれた彼が、『もう抱かない』という結論に至るまでは、相当の葛藤があったに違いない。

昨夜地下室で、彼は千緒里の目が覚めるまで泣いていた。何を思って涙したのかまで察することはできないが、あの男が涙を流すなどよほど感情が乱れていたのだろう。

何よりも、異形化による組織の変化で激痛に苛まれながら振り絞った貴仁の言葉は、千緒里の心に深く突きささった。

昨夜語った彼の決断は、貴仁の本意ではなかった。あくまでも千緒里の今後の生活だけを考えて、離れることを決めたのだ。夫の本心を知れば、千緒里が選ぶ道はひとつだけ。

貴仁とこの先も生きていくために、呪いを解く。なんとしても、彼が完全に異形化してしまう前に、解呪の方法を探さねばならない。

――といっても、あまりにも本が多すぎる。

壁一面に所蔵された数々の本を見上げ、気持ちが焦る。

鬼王家の歴史を紐解いていくと、もとは〝人とは異なる姿をした者〟が自然と集まり、人目を避けるため山深くに集落を形成していたのが始まりだと記されていた。

人々は彼らを『鬼』と呼んで忌み嫌い、迫害した。行き場のない『鬼』たちは、生きるために寄り添い、人目を忍んでひっそりと暮らしていたという。

やがて集落が大きくなると、統率者が必要となる。統率者には、人ならざる者の中でも、特異な姿形をした者が選ばれた。――つまり『鬼』たちの『王』となった者が、鬼王を名乗ったというわけである。

人ならざる者とひと口に言っても、姿形は様々だった。肌の色が違う者、通常より体軀が大きく、筋骨隆々とした者などだ。

しかしその中でも、『稀人』と呼ばれる『異能』を持つ者がいた。それは、気候を読み、失せ物の在り処を言い当てるなどの些細な力だったが、とかく〝ふつうの人間とは違う〟現象を好まなかった人々により、『鬼』たちは山深くで生きていかざるを得なかった。

『鬼』と呼ばれるようになった者は、もとを辿れば人間だった。その事実に、千緒里は驚いた。『鬼』と聞いてイメージするのは、二本の牙と角を持ち、残虐の限りを尽くす『悪』を体現化したものだと考えていたからだ。

――でも、『鬼』は、人々の作り出した概念でしかなかったのね。

人々は、自分たちに都合が悪い者を『鬼』と呼んでいただけに過ぎなかった。けれども『鬼』たちは人々を恨んだりはせず、倹しく暮らしていたようだ。

同じ境遇の者たちが集まったことで、『鬼』の結束力は強かった。そんな『鬼』たちに、転機が訪れる。天から舞い降りてきた天人が、自分たちの集落にある湖で、千葉《せんよう》の蓮の花を眺めていたのだ。

そこからは、初夜に貴仁に聞いた話と同じだ。水浴びをしていた天女に魅入られた鬼王が、松にかけられていた羽衣を盗み、嫁になれと迫り――その場で犯した。鬼王の当主にかけられた呪いの始まりだ。

千緒里は書架に本を戻し、新たな本を手に取るも考え込む。

天女の羽衣伝説は、異種間婚姻譚として日本の各地で様々な形で伝えられている。羽衣を返し天女が天に還った話もあれば、地上に留まり子を産んだパターンもあった。

だが、鬼王家の伝承のように、天女が夫を呪って死んだという話は見当たらない。少なくとも千緒里が読んだ文献には載っていなかった。

天に還ったパターンでも、一度地上に留まった天女が数年後に自分で羽衣を見つけた場合もあれば、出会ってすぐに男性が返す話もあるが、いずれも天女は男性を恨んでいなかった。そのため、どれだけ本を読んでも参考になるようなパターンが見つからない。

――この書庫は、歴代の当主が呪いを解こうとして足掻いた足跡なのかもしれない。

これまでの当主が、呪いを解こうとしなかったわけはない。長きにわたって様々な文献を漁り、近代では科学の力を頼り、それでも解明されないほど強力な呪いなのだ。貴仁が解呪を諦めてしまうのもしかたのないことだろう。

「……だけど、わたしだけは……」

たとえ彼自身が諦めたとしても、千緒里まで放棄するわけにはいかない。妻として、愛を教えてくれた夫の助けとなりたい。

幼いころに会いにきて『望みがあるなら、誰に遠慮することなく意思を貫けばいい』と告げてくれたのは、鬼王の花嫁となる千緒里を慮ってのことだろう。そして、何よりも貴仁自身がそうありたいと願っていたのだと、今ならば理解できる。

ほんのわずかな邂逅《かいこう》で託された想いを、無下《むげ》にはできない。千緒里は決意を新たにし、本に向き直る。そのとき、ふと文中に挿入されていた画に目が留まった。

「羽衣……」

それは、天女が天へ還るシーンを描いた画だった。いくつかのパターンのうちのひとつ、『羽衣を返してもらった』ときの話だ。

――鬼王家に伝わる話では、羽衣を隠したことで天女は地上に留まらざるを得なかった。じゃあ、羽衣はいったいどこに隠されたんだろう……？

この場にある文献では、蔵や櫃《ひつ》、屋根裏、大黒柱の穴の中といった場所に隠していたとされている。しかし、肝心の鬼王家については隠し場所の記載がない。

不思議に思っていたとき、書庫の空気が揺れた。顔を上げれば、桧山が心配そうに歩み寄ってきたところだった。

「千緒里様、食事を用意させておりますので、一度屋敷にお戻りになってください」

「いいえ。今は貴仁さんの呪いを解くための手がかりを見つけるほうが先決です」

桧山に促された千緒里は首を振り、持っていた本のページを老人に見せる。

「桧山さんにお聞きしたいことがあります。……天女の羽衣についてです」

千緒里は、先ほど疑問に思っていたことを桧山に尋ねた。

鬼王の祖先は、羽衣をどこへ隠したのか。そして、なぜ天女は見つけることができなかったのか。

各地に伝わる説話のように、もし羽衣が天女のもとへ戻っていたのなら……鬼王の当主は、末代まで呪いに苦しめられることはなかったのではないか。

仮に今、羽衣の隠し場所がわかったとしても、貴仁が発症した呪いにはなんの役にも立たないかもしれない。けれど、そういった疑問をひとつずつ潰していくことが、解呪につながるのではないかと考えたのだ。

たとえどれだけ細い糸であっても、手繰り寄せればなんらかの手がかりになる。今は、わずかな希望に縋るしかない。

「鬼王の祖先が羽衣を隠した場所について、調べても記載がないのです。どこへ隠したか、言い伝えをご存じなら教えてくださいませんか」

「私が知る限り、そういった言い伝えは存じ上げません。貴仁様も……文献に記されていない事柄をご存じかどうか」

貴仁に重用され、長く仕えている桧山でさえ知らないとなると、ほかの使用人についても望みは薄いだろう。

「そうですか……でも、貴仁さんが目覚めたら聞いていただけますか？」

「かしこまりました」

桧山は千緒里の持っている本を見遣り、ふと目を伏せた。

「千緒里様は、貴仁様のことを本当に想っていらっしゃるのですね。血を分けたご家族よりも、ずっとあの方の家族のようです」

「家族……」

貴仁の父はすでに鬼籍に入り、母も弟も自らのもとを去った。彼が家族と呼べる人間は、今は千緒里だけ。その事実に胸が締め付けられるも、ある可能性に気づいて目を瞠る。

――そうだ。あの方なら……。

「桧山さん。お義母様が、どちらにいらっしゃるかご存じですか？　もし可能なら、お会いして……羽衣のことをお聞きしたいのです」

前当主の妻ならば、夫から何か聞いているのではないか。聞いておらずとも、『天女の刻印』を持つ女性だ。実家にいたとき、なんらかの話を聞き及んでいる可能性はゼロではない。藁にも縋る思いで千緒里が言うと、老人が眉をひそめた。

「居場所は存じております。ですが、葉子様は和仁様とご一緒にお住まいです。もしお会いするのであれば、屋敷にお呼びしてはいかがでしょう」

「用があるのはわたしですし、こちらから出向くのが筋なのではないでしょうか。……お義母様が家を出て行かれたのは、結果的にわたしの行動が原因なのです。そのお詫びもしたいと思っています」

「でしたら、よけいに自重なさってください。こちらから出向くということは、それだけ危険が増すということ……また和仁様に襲われる可能性がないとは言えないのです。それに貴仁様の奥様であるあなた様は、いまや鬼王家では当主に次ぐ決定権のあるお方です。追放された和仁様にも、屋敷を捨てた葉子様にもおもねる必要はございません」

　それは、千緒里にまったくなかった考え方だった。それだけ貴仁と自分のことのみしか見えていなかったのだ。鬼王家当主の妻としてはあまりに視野が狭い。己の未熟さを指摘され、千緒里は恥じ入る。

「申し訳ありません。わたしは……当主の妻でありながら、考えが至っていませんでした」

「いえ……私こそ、出過ぎたことを申しました。あなた様は、何もわからず嫁がされたのですから、謝罪の必要はございません。通常であれば、当主の妻として葉子様に教えを乞うことができたのです」

しかし、思いがけず前当主の呪いの進行が早かった。貴仁が花嫁を娶るのが遅かったこともあり、千緒里の教育は後回しになっていたと桧山は言う。

「あなた様が、貴仁様の呪いを解こうとなさっているのなら、私は全力でお手伝いいたします。……千緒里様、あの方をどうかお助けください」

恭しく頭を垂れて懇願する老人を前に、桧山にも彼なりの想いがあったことを知る。

「わたしに何ができるかはわかりませんが、貴仁さんを助けたい。そのために、どうかお力をお貸しください」

貴仁の呪いを解くために動こうとしているのは、自分だけではない。千緒里はそれを心強く思い、希望の灯がともったように感じた。

翌日。千緒里は本邸の応接間で葉子と対面することになった。現在時刻は午後一時。約束の時間まであと三十分あるが、ソファに静かに座して義母を待っていた。

桧山の仕事は早かった。千緒里と話をしてすぐに葉子に連絡し、約束を取りつけたのである。

義母が応じてくれたことに安堵すると、桧山は千緒里に「屋敷で風呂と食事をとってください」と願い、それに従った。久しぶりに屋敷で食事をとると、ほぼ日付の感覚を失っていたことに気づく。貴仁に監禁されるようになって約二週間が過ぎていたが、今は過ぎていく時間がつらかった。

――貴仁さんの異形化は、こうしている間にも進んでいるかもしれない。

昨日から、彼はずっと眠り続けていた。千緒里はほぼ付きっ切りとなり、貴仁のそばから離れなかった。姿が見えないと不安なのだ。今のところ異形化は背中にしか現れていないが、どの程度の時間で進行するのかわからないからだ。

――貴仁さんが苦しんでいませんように。

千緒里が心の中で祈ったとき、部屋の扉がノックされた。

「失礼いたします。葉子様をお連れいたしました」

桧山の先導で、葉子が入室する。久しぶりに会った義母は、以前よりもやつれて見えた。

葉子は対面に腰を下ろし、ふ、と赤い唇を持ち上げる。

「初めて会ったときとは逆の立場ね。今は、あなたがこの屋敷の女主人。わたくしは、もう鬼王と関係を絶ったただの女よ。今日はなんのご用かしら」

「……代々の当主にかけられた呪いについてです」

千緒里は、貴仁の呪いを解こうとしていることや、調べた文献では鬼王の始祖が羽衣をどこに隠したのか記載がないことを説明した。

「どうすれば呪いを解くことができるのか……今のところ手詰まりです。ですから、心当たりがないかお尋ねしたくてお声をかけさせていただきました」

「呪いを解く方法など、知っていればとうの昔に試しているわ」

素っ気なく告げた葉子は、柳眉をひそめた。

「わたくしだって、夫が変わり果てた姿になるなんて信じたくなかった。無理やり嫁がされたけれど、実家を取り立ててもらったことは感謝していたの……。でも、いずれ化け物となる者を自分の腹を痛めて産んだのかと思うと、恐ろしくてたまらなかった。あなたも、子を産めばわたくしの気持ちが理解できるでしょう」

「だから……貴仁さんを他人のように思っているのですか？」

「そうよ。わたくしの子は和仁だけ。貴仁は鬼王家のためだけに産んだ子ですからね。愛情など感じたことはないわ」

はっきりと言葉にされ、千緒里の胸が痛んだ。だが、ここで義母を責めたところで何も変わらない。愛情を覚えずに過ごした貴仁の時間が、取り戻せるわけではないのだ。

それでも、やりきれない思いがある。なんとも言えずに俯き、手のひらを握り締めていると、葉子がぽつりと漏らした。

「でも……いくら愛情がないからといっても、異形となって死ぬことを望んでいるわけじゃないわ」

「え……」

「夫も貴仁も、愛していたわけではない。でも、だからといって死んで欲しいかといえばそうではないの。もっとも……和仁はそうではなかったみたいだけれど」

　和仁が貴仁に嫉妬をしたのは、自分が偏った愛情を与えていたからだと葉子は悔いているようだった。

「わたくしは、もう和仁は鬼王に関わらない生活をしたほうがいいと思っているの。あの子が当主としての器でないのは誰よりもわたくしが理解しているから。ただそのためには、呪いを解くしか道はない……現状では、とても難しいでしょうね」

「ですが、わたしは諦めません。貴仁さんを、愛しているのです」

　千緒里が彼への想いを口にすると、葉子はやさしげに微笑んだ。

「……あなたのように夫を愛せたら、わたくしも貴仁のことも愛せたかもしれないわね」

　それは、葉子が初めて見せた母親らしい顔だった。貴仁に対し完全に無関心だったわけではなく、彼女もまた苦しんでいた。それがわかり、少しだけ救われた気持ちになる。

　千緒里はわずかに微笑み、最後に一番聞きたかったことを尋ねた。

「……お義母様。羽衣についてはご存じではありませんか……？」

「羽衣？」

「はい。鬼王に伝わる話の中には、羽衣を隠した場所に関する記述がないので……気になったのです。いまわの際に天女も触れていますから」

『私を犯し、羽衣を奪ったお前だけは赦せぬ。私と同じ苦しみを味わえ』天女はそう言い残し、この世を去った。それから鬼王当主は、もう何代にもわたって呪われ続けている。鬼王の始祖は、いったいどこへ隠したのか。天女が身に着けていた羽衣が現存するのであれば、解呪への手がかりとなるのではないか。考えたことを伝えると、葉子は首を振った。

「わからないわ。でも、昔の使用人であれば知っていたかもしれない。先々代の当主に仕えていた富樫の母親であれば、あるいは……。もっとも、生きていればの話だけど」

思いがけない名を聞いた千緒里は、ハッとして目を見開いた。

富樫は、先の事件で責任を感じて辞めている。母親が存命かどうかをすぐに確かめられないのがもどかしいが、細い糸で希望がつながったことは確かだ。

「ありがとうございます。富樫さんに聞いてみます」

千緒里が礼を告げると、葉子は立ち上がった。

「……呪いが解けることを祈っているわ。貴仁のことを、お願いね」

たったひと言だが、それは貴仁に向けた心からの言葉に思え、千緒里は「必ず解いてみせます」と自らを鼓舞するように宣言した。

葉子が立ち去ると、桧山が入れ替わりで応接室に入ってきた。会話の終了を待っていたのだろう老人はふたり分のカップを下げると、代わりに冷えた緑茶をテーブルに置いた。

「いかがでしたか？」

「羽衣についてては、何もご存じありませんでした。ですが、富樫さんのお母様なら何か知っているのではないかと教えていただきました」

義母から聞いた話を説明すると、桧山は得心したように頷いた。

「確かに、富樫の母親は先々代にお仕えしていました。すぐに富樫に連絡を」

「あの……もし住所を知っていたら教えていただけませんか？　お母様がご存命なら、直接お話を伺いたいのです。それに、富樫さんに今までお世話をしていただいたお礼も言いたいですし……」

富樫の母親ともなれば、存命であってもかなりの高齢だろう。いくら元使用人といえども、鬼王家の名を振り翳して呼びつけるような真似はできない。それに、富樫自身のことも気になっていた。件の事件の責任を感じて辞めた彼女に、そんな必要はないと伝えたい。

「かしこまりました。それでは、富樫にそのように伝えましょう」

「お願いします。……貴仁さんにも、本当はお伝えしたいのですが」

しかし、今の彼の状態では無理だろう。視線を下げた千緒里に、桧山は何かを悟ったように柔和な表情を浮かべる。

「富樫の家へは私がご一緒いたします。千緒里様は、ほぼ外出なさらない生活をされておいでですから、動くにしても手足がいたほうが都合がよいでしょう」

「……はい。よろしくお願いします」

誰かに助けてもらわなければ何もできない自分が心苦しかったが、今は無力感に囚われている場合ではない。

貴仁の――愛する夫の呪いを解くため、それだけに腐心することを千緒里は決めた。

# 6章 愛慕

義母と対面した翌日。桧山の運転する車に乗り、千緒里は富樫の実家へ向かっていた。

昨日桧山が富樫に連絡したところ、母親は存命だと確認が取れた。かなりの高齢で足腰は弱っているものの、鬼王の屋敷で勤めていたことはかなり鮮明に覚えていて、時折懐かしそうに語っているという。

——もしも、富樫さんのお母さんが何も知らなかったら……この先、どうすればいいんだろう?

車に揺られている間も、不安ばかりが募ってくる。

貴仁は、一昨日からずっと眠り続けたままだった。何か異変があれば使用人から桧山に連絡が入ることになっているが、やはりそばにいないと心配でたまらない。

もしもこのまま貴仁の異形化が進み、自我を失ってしまったら。富樫の母から、なんの情報も得られず手詰まりになってしまったら。そう考えると、怖くて手が震えてくる。

「千緒里様、今は信じましょう」

端的な桧山の言葉に、千緒里は小さく首を縦に振る。この老人もまた、主である貴仁を想っていることがわかるからだ。

気を落ち着けようと車窓に目を向けると、いつの間にか山道に差し掛かっていた。車内にある時計を見れば、出発から二時間程度経過している。富樫の実家はかなり辺鄙《へんぴ》な場所にあるようで、道路も車が一台通れるだけの車幅しかなかった。

「……桧山さんがいてくださってよかったです。わたしひとりでは、富樫さんのご実家に伺うことはできなかったですから」

ぽつりと漏らした千緒里に、桧山はバックミラー越しに苦笑する。

「私は、あなた様のご成長をずっとこの目で見てまいりました。幼いころは笑顔の多かった方なのに、年を重ねるにつれ笑わなくなられて……そしてそれは、貴仁様も同じでした」

天羽家に送られてきた写真でも、貴仁は年齢が上がるにつれ表情が失われていた。そのことを伝えると、桧山が寂しげに答える。

「口には出されませんでしたが、あの方はずっと千緒里様に罪悪感を持っていらっしゃったと思います。ご両親の結婚生活を見て、葉子様から疎まれていたことも影響していたのでしょう。一度、『このような呪われた血は俺の代で終わらせたい』と、おっしゃっていたことがありました」

貴仁の様子が明らかに変化したのは、十五年前からだったという。それまで許嫁に興味を示さなかった彼が、『鬼王に人生を決められるのは憐れだ』と言っていたのが印象的だったと桧山は語る。

「……貴仁様は、鬼王家の在り方にずいぶんと悩んでおられました。まだ十代のころ、『自分が死ねばこの呪われた血は絶える』とおっしゃっていたのを聞いて、私は申し上げたのです。『貴仁様が亡くなれば、お父上が千緒里様に子どもを産ませる可能性がある』と」

開花した『天女花』を持つ千緒里は、鬼王家にとって吉祥をもたらすと言われる特別な存在だ。前当主がまだ異形化していなかった状態で、貴仁の身に何かあれば……おそらく前当主は千緒里を犯しただろう。

「私は、貴仁様と千緒里様の成長を見守ってまいりました。ですから、あなた様が貴仁様に愛情を持って接してくださるのを嬉しく思っております。もちろん、貴仁様も千緒里様を大事にしていらっしゃる。……これも、吉祥の表れだと思いました」

前当主と葉子の冷え切った関係を見てきた桧山は、普通の夫婦のように愛を育む若い夫婦の姿に喜びを感じていたと言う。しかしその一方で、日に日に抑制剤を使用する頻度が増えていく貴仁を見て、心を痛めていたのだ、とも。

「鬼王家当主としての本能と、千緒里様への愛情の狭間で悩んでおられるご様子でした。ですが、もうあの方は充分苦しまれた。できることなら、おふたりがこの先しあわせにお暮らしになれるように……私はそう願っているのです」

「ありがとうございます……桧山さん」

老人の心を知った千緒里は、胸が詰まった。

十五年前、おそらく千緒里との出会いが影響して、貴仁に変化があった。長い間、ずっと彼は悩んできたのだ。そして、彼に仕えていた桧山もまた、命を絶つことすら厭《いと》わない姿勢の主を見て、気を揉んでいたに違いない。

——わたしは、いろいろな人に守られていたんだ。

鬼王家へ嫁ぐことは産まれたときから決まっていた。両親もそれを是とし、疑問に思うことすら許されなかった。

しかし、貴仁は心を砕いてくれていた。冷ややかな美貌の下に隠された彼の心根を知り、愛しさと切なさで心臓が鷲づかみにされたように苦しくなる。

——もしも、わたしに何か力があるのなら……貴仁さんの呪いを解けるのに。

数百年に一度の吉祥の存在で、『天女花』を開花させたなどと言われても、自身にはなんの力もない。左胸に手を添えた千緒里は、祈るように目を閉じる。

——この『天女花』の言い伝えが本当なら……貴仁さんを鬼王の呪いから解放して……。

貴仁は、千緒里を『鬼王から解放したい』と言った。だが、千緒里もまた、彼を鬼王の呪いから解放したいと思っている。どちらか片方では意味がない。ふたり一緒に呪いを解いてこそ、真に鬼王家から解放されるのではないのか。

「千緒里様」

思考に沈んでいた千緒里だが、桧山の声で引き戻される。顔を上げれば、前方に茅葺き屋根の家屋が見えてきた。垣根の前に富樫が出てきており、車に気づき頭を下げている。

車を停めた桧山が運転席を降り、後部座席のドアを開ける。千緒里が地面を踏みしめると、富樫が駆け寄ってきた。

「遠いところにわざわざお越しいただき申し訳ございません。ご覧の通りあばら家でなんのおもてなしもできませんが……」

「こちらこそ、急にお伺いしてすみません。それと……和仁さんの件では、富樫さんに責任を感じさせてしまって申し訳ありませんでした」

千緒里が丁寧に頭を下げると、富樫が「とんでもないことでございます」と恐縮する。

「あのとき、対応を間違ったのはわたしです。千緒里様をみすみす危険な目に遭わせてしまいました。お世話をお任せいただいておりながら、許されることではありません。母にもそう叱られました」

神妙な顔をした富樫は、千緒里と桧山を家に招き入れた。

玄関を潜ると土間があり、その先に茶の間があった。土が剝き出しになっている土間を初めて見た千緒里は、少し不思議な気持ちで屋内を見遣る。

「少々お待ちください。母を呼んでまいりますので」

茶の間にふたりを通した富樫が奥の間へ消えた。桧山と並んで腰を下ろすと、時を置かずしてふすまが開き、富樫と和装の老婆が入ってくる。

老婆は千緒里を見ると、その場で膝をつき頭を下げた。

「ご当主様の奥様に足を運んでいただき申し訳ございません」

「い、いえ。頭を上げてください。こちらこそ、急な訪問となってすみません」

恐縮した千緒里がそう言うも、老婆は頭を上げようとしなかった。その態度で、彼女が鬼王家に忠誠を誓ってきたことが窺える。

いっこうに頭を上げる気配がない母を見かねたのか、富樫が「奥様がお困りになっているから」と窘《たしな》め、テーブルに人数分の茶を置く。

「奥様方は、お母さんに聞きたいことがあっていらしたんですよ」

娘に窘められてようやく顔を上げた老婆は、千緒里と桧山を交互に見る。

「私でお役に立てることならなんなりとお答えさせていただきます。先々代のご当主様には、大変お世話になっておりましたので」

傘寿《さんじゅ》を過ぎているらしい富樫嫗《おうな》は、そうとは思えないほど矍鑠《かくしゃく》としていた。千緒里はにわかに緊張しつつ一同を見渡すと、最後に老婆に視線を据える。

「……わたしが今日お伺いしたのは、天女の羽衣のゆくえについてです。鬼王家の祖先が、どこに羽衣を隠したのか。もしも現存するなら、どこにある可能性が高いか……先々代にお仕えしていた富樫さんのお母様なら、何かご存じではないかと思ったのです」

千緒里は、現当主である貴仁の呪いを解こうとしていること、その手がかりを探していることを簡潔に話した。老婆は一度大きく目を見開き、信じられないというように呟く。

「そのようなことを尋ねられたのは初めてです……奥様は、ご当主様を愛しておられるのですね」

どこか感慨深そうに、富樫嫗は昔語りを始めた。

先々代の時代、『天女花』を持つ花嫁は、輿入れを嫌がっていたこと。それでも子を成さねばならぬと耐えに耐え、その姿に先々代が心を痛めていたこと。――そしてそれは、長い鬼王家の歴史で、ずっと繰り返されたであろう夫婦の姿に過ぎないということ。

「先々代は、奥様を愛しておられましたが、奥様から愛を得ることはできませんでした。無理やり嫁がされたという想いが強かった奥様は、異形化するより前から先々代を避けるようになり……私が主のお世話をさせていただくことになったのです」

徐々に異形化が進む主を前に心を痛めていると、まだ自我を失っていなかった先々代が彼女に告げたのだという。「始祖が羽衣を返してさえいれば、このような不幸は訪れずに済んだのだ」と。

鬼王の歴代当主も天女の末裔も、すべては鬼王始祖の行いが発端で人生が狂わされている。だが、不幸の輪廻から逃れられない。それこそが、古の天女がかけた呪いだ。

「先々代は、代々受け継がれてきた羽衣を、奥様に見せたことがあるとおっしゃいました。もちろん、羽衣であることを隠して……おそらく先々代も、羽衣になんらかの力が宿っていることを期待したのだと思います」

「……でも、呪いは解かれなかったのですね」

千緒里の問いに、媼が首肯する。

「先々代の異形化は止まらず、奥様の態度も頑なままでした」

羽衣は現存していた。だが、それ自体になんの力もなかったことに落胆を隠せない。

富樫媼の話を聞いた千緒里は、ここにきて振り出しに戻ったことに気落ちした。

天女は、自らが天へ戻れなかったことを嘆き鬼王始祖へ呪いをかけた。逆に言えば、『羽衣を天女に返していれば呪いはかけられなかった』ことになる。

けれども、先々代当主の妻である『天女の末裔』に羽衣を見せても、解呪は叶わなかった。つまり、『天女の末裔』が羽衣を見るだけでは、呪いは解かれないということだ。

完全に手詰まりになって千緒里が視線を落とすと、それまで黙っていた桧山が口を開く。

「しかし、富樫嫗。羽衣について資料が残っていないのはどういうことでしょう」

怪訝そうに問いかけられて眉尻を下げた嫗は、「羽衣を奪われることを恐れたんだろうね」と自身の見解を語った。

「なんの力が宿っておらずとも、希少な品であることに変わりはない。何せ、天女が身に着けていた代物だからね。羽衣の隠し場所は、歴代当主たちも知らなかったそうだよ」

先々代当主に限らず、歴代の当主らは『羽衣を天女へ返す』ことも解呪の方法として考えたはずだ。しかし羽衣の隠し場所は秘匿され、その方法を試すことは叶わなかった。

先々代が隠し場所を知ったのは、偶然だったという。現在の屋敷に庭園を造るために、もとは別の場所にあった松の木を今の場所に植え替えることにした。そのとき、掘り起こした土中から櫃が見つかった。その中に、羽衣が収められていたそうだ。

「奥様に見せたのち、先々代は櫃を『誰にも見つからないように、屋敷のとある場所へ保管した』とおっしゃった。ご自分のお子……先代当主にも、その在り処は知らせないと。呪いが解かれないのなら、知らせる必要はないと言っておられたよ」

桧山に説明した嫗は、千緒里に目を向ける。

「ですから、私も隠し場所は存じません。お力になれず残念ですが……」

——貴仁さん……ごめんなさい。また、振り出しに戻ってしまった。

千緒里はこの場にいない彼を心の中で呼び、左胸に手をあてた。

＊

時を遡《さかのぼ》ること三時間前。

誰かに呼ばれた気がした貴仁は、重い瞼をこじ開けた。しかしその途端に、骨が軋むような痛みを覚え小さく呻く。

「――……っ、ぅ」

――異形化が進んでいるのか。

肌が熱を持っている。特に背中は肌が引き攣れたような感覚と、身体の内側が殴打されているかのような痛みがあった。

しかしこれも、自我を保っているからこその痛みだ。完全に異形になってしまえば、痛覚は残るが意識が失われる。言葉も通じなくなり、愛した女の記憶さえも消えてしまう。

貴仁は起き上がると、自分の状況を確認すべく部屋を出ようとした。現在いるのは、別邸の寝室。目覚める前の最後の記憶が書庫の前だったことを考えると、気を失っている間屋敷に運ばれたことになる。

――あいつが、手配してくれたのか。

意識を失う寸前、千緒里に初めて愛を告げた。今後の彼女のためを思えば、無情に振る舞ったほうがいい。それでも堪えられなかったのは、彼女への愛が強いからにほかならない。愛する女が必死に自分に追いすがる姿を見て、気持ちが動かないはずがなかった。

犯せ、と、叫ぶ本能に抗い、身体の痛みに耐え、誠心を伝えた。告げるはずのなかった愛を口にしたのは、己の最期を意識してのことだ。

――もう、それほど多くの時間は残されていないだろう。

日に日に身体の痛みは増していき、少しでも気を抜けば意識が薄くなる。今はまだ自我を保っていられるが、次に意識を失って目覚めたときはもう自分ではないかもしれない。

父の姿を思い起こして目を伏せたとき、部屋に使用人が現れた。

「た、貴仁様、お目覚めになられたのですね！　すぐに医師と桧山さんにご連絡を」

「千緒里はどうしている」

貴仁が問いかけると、使用人は「桧山さんとお出かけになられました」と答えた。

「出かけた？　どこにだ」

「詳しくは存じ上げません。なんでも、富樫の実家に行くとのことで……富樫の母は、先々代の当主にお仕えしていたとかで、話をお聞きしてくると」

――先々代……爺様の代の使用人か。

このタイミングで千緒里が訪れたのなら、十中八九呪いを解く方法を探すためだろう。

貴仁自身が諦めてしまったというのに、まだ千緒里は諦めていなかった。いっそ見捨ててくれれば互いに楽になれるだろうに、最後まで足掻くつもりなのだ。

「車を用意しろ。富樫の家に向かう」

使用人に命じた貴仁は、返答を聞かずに自室へ向かった。

寝巻きを脱ぎ捨てると、姿見に背中が映る。醜く爛れた皮膚は背中の上半分を覆い、赤黒く変色している。この爛れは時を置かずに全身にまで広がり、やがて頭蓋が隆起するのだ。

口角から牙が覗き、筋肉が不自然に隆々と盛り上がり、最後に言葉が通じなくなるまで、前当主は一年ほどの時を要した。異形化までの時間には個体差があるが、身のうちに宿す異能が巨大であるほど進行は早いと過去の事例を記した文献でわかっている。

本来であれば、『天女の末裔』である千緒里のそばにいるべきではない。異形化が進むと、理性をコントロールするのは抑制剤であってももう無理だ。

しかし貴仁は、ただ死を待つよりも千緒里のそばで可能性を探ろうと思った。必死で自分に追いすがり、呪いを解こうとしている妻をひとりにしておりない。

——あの小さな身体のどこに、あれほどの情熱を秘めていたんだ。

結婚式では、作り物の人形のように意思がなく、粛々と運命を受け入れているだけの女に見えた。だが千緒里は己の心に従い、呪いに抗おうとしている。妻の献身や健気な行動が、嬉しくないはずがない。彼女を想うと、異形化の影響で感じる痛みが薄らぐ気がした。

——自我を保っていられるうちに、今一度あいつに伝えたい。

白いシャツとデニムパンツに身を包む。布と擦れるたびに背中に痛みが走ったが、貴仁はそれに構うことなく部屋を出た。

＊

富樫の実家を後にすると、すでに辺りは薄闇に包まれていた。

車に乗り込んだ千緒里は、なんの手がかりも得られなかったことにため息をつく。何代にもわたり発動してきた呪いが、そう簡単に解けるわけがない。頭では理解していても、期待していただけに落ち込んでしまう。

すると、運転席で携帯を確認していた桧山が、驚いた様子で声をかけてくる。

「千緒里様、貴仁様がお目覚めになられたそうです！」

「えっ⁉　じゃあすぐにお屋敷に戻らないと」

「いえ。それが……目覚めてすぐに、こちらへ向かったとのことです」

報告を聞いた千緒里は、思わず「どうして……」と呟いた。彼は、異形化が進み、痛みに耐えかねて倒れたのだ。目覚めたからといって、すぐに動ける状態ではないだろう。

「貴仁様のお気持ちは、直接お会いになってお聞きしたほうがよろしいでしょう。ここから屋敷に戻るまでの中間地点に、鬼王の別荘がございます。貴仁様にはそちらでお待ちくださるようメッセージを送りましたので、今から別荘へ向かいます」

桧山の行動は迅速で無駄がない。「お願いします」と答えた千緒里は、考えを巡らせる。

屋敷のいずれかに隠された天女の羽衣。先々代の妻である天女の末裔に見せただけでは、呪いは解かれなかった。では解呪には、ほかにどのような方法があるのか。

――羽衣には本当になんの力も宿っていないの？　天女を天へ昇らせるために必要不可欠な道具なのに……。

羽衣を見せるだけではなく、天女が天へ還らなければ解呪は無理なのだろうか。そうなると天女がいない今、天へ戻るのは末裔である千緒里ということになる。

現実的に考えて、そんなことは無理だ。だが、そもそも当主が長年患っている呪いこそが非現実の極致であり、現実的かどうかは重要ではない。要は、解呪ができるか否かだ。

それがたとえ実現不可能に見えたとしても、何もしないよりはましといえる。

妙案が浮かばず、考えも纏まらないうちに、車は別荘の敷地に入った。

両開きの門を潜って中に入ると、広大な敷地の前方に洋館が見えてくる。『王大閣』を思わせる建物の前に停車させた桧山は、後部座席のドアを開けて千緒里を建物の中へ促した。

「貴仁様は先にご到着されているようです。どうぞ、おふたりでお話しください。私は使用人部屋におりますので、ご用があればお呼びいただければと」

「ありがとうございます……」

礼を告げた千緒里は、建物の中に入った。白を基調とした室内は、まるで宮殿を思わせる造りだ。玄関ホールは吹き抜けになっており、シャンデリアの光が降り注ぐ中、壁に嵌め込まれているステンドグラスが煌々《こうこう》と輝いていた。廊下には毛足の長い絨毯が敷かれていて、まるで高級ホテルを思わせる。

二階建てで部屋数もかなりあると思われ、どこに彼がいるのかわからない。逸る気持ちを抑えてぐるりとホールを見渡すと、ホールの正面にある階段から貴仁が降りてきた。

「貴仁さん……！」

「来い」

ひと言だけ告げると、貴仁が階上へ姿を消した。千緒里は弾かれたようにその後を追い、二階へ向かう。

階段を上がって手前の部屋のドアが開いていたため中を覗くと、そこはベッドルームになっていた。天蓋付きのベッドの縁に腰を下ろしている彼に近づいた千緒里は、そっととなりに座った。

「貴仁さん……体調は大丈夫なんですか……？」

「すこぶる悪い。だが、そんなことに構っていられない。おまえこそどうなんだ」

「え……」

「富樫の母親に会いに行ったのは、呪いについて調べていたからだろう」

指摘された千緒里は、落胆を隠して首肯した。

「……はい。お義母様に昨日お会いして、富樫さんのお母様が先々代に仕えていたとお聞きしたのです」

「母に？」

驚く貴仁に、千緒里は経緯を聞かせた。そして、葉子から託された想いを伝える。

「お義母様は、貴仁さんが異形となってしまうことを望んではいないとおっしゃいました。和仁さんが貴仁さんに嫉妬していたのは、自分が偏った愛情を与えていたからだと……もう鬼王家とは関わらない生活をしたほうがいいと思っている、と」

「だが、俺が死ねば和仁が次期当主だ。そうなれば、おまえは」

「だからお義母様は、和仁さんを関わらせないためには、呪いを解くしか道はないと言っていました。最後に、貴仁さんを頼むと……わたしに託してくださったのです」

葉子は彼女なりに、貴仁に愛情を持っていたと千緒里は思う。ただ、鬼王家の当主にかけられた呪いが、前当主や貴仁との間に距離を作ってしまった。だから、夫や貴仁へ向けるべき愛情を、すべて和仁に注いだのだろう。

「でも、お義母様が託してくださったのに、わたしは手がかりを得られませんでした」

千緒里は、富樫の母から得た情報を貴仁に語り、視線を下げる。羽衣が現存していることは突き止めたが、隠し場所が不明だ。しかも先々代が羽衣を『天女の末裔』に見せても、解呪はなされなかった。

「これでは、何もわからないのと同じです。貴仁さんが呪いに苦しんでいるのに……わたしは何もできないなんて」

「おまえは十二分に俺を救っている」

貴仁の言葉に顔を上げると、静かに凪いだ黒瞳が千緒里に向いていた。

「俺が諦めようとしていたことを拾い上げ、最後まで呪いを解こうとしている。だからこそ、俺はここへ来た」

おもむろに彼の手が伸びてくる。千緒里の頰をやさしく撫でた貴仁は、ふ、と穏やかに口角を上げた。

「突き放そうとしても、おまえは俺を追ってくる。泣きそうな声で、『一緒にいたい』と言われたら……もう降参するしかない。手放さないといけないと頭ではわかっているのに、結局はどう足掻いたところで、俺はおまえを求めてしまうんだ」

「貴仁さん……」

彼は自分の意識が保っていられるうちに、本心を伝えようとするために、この場へ来たのだ。千緒里は夫の覚悟を受け取って、頰を撫でている彼の手に自分の手を重ねる。

「まだ、時間はあります。一緒に呪いを解く方法を探しましょう」

「……ああ。羽衣が現存しているなら、それを探してみるのもいいかもしれない。おまえが自ら考えて行動して得た情報だ」

貴仁は、いつになく表情をやわらげていた。常に張り詰めた空気を醸し出す美貌の主にしてはとても珍しい。

達観したかのような彼の表情に、千緒里の胸が切なく疼く。

貴仁はすでに覚悟しているのだ。解呪が叶わず、このまま異形化が進んでしまうことを。そのうえで、千緒里を遠ざけるのではなく、そばに置いてくれている。『一緒にいたい』という意思を尊重してくれたのだ。

「ありがとうございます……貴仁さん、わたし……あなたの妻でいられてしあわせです」

彼に向かって微笑んだ千緒里は、もう泣くのはやめようと心に誓う。共に在れるのであれば、泣き顔よりも笑顔を見てもらいたい。

そう思って微笑んだとき、頬を撫でていた手で顎を取られた。

端整な顔が近づいてくる。キスの予感に目を閉じて無意識に唇を薄く開くと、唇が重ねられた。

それは、愛情を注ぐようなやさしい口づけだった。下唇と上唇を交互に食み、リップ音を響かせながら、少しずつ角度が深まっていく。そろりと挿し込まれた舌に歯列をなぞられ、性感が刺激されていく。

貴仁は倒れる前、千緒里に初めて愛を告げた。それまでも好意を感じさせる言葉はあったが、言葉にされたことで改めて千緒里は思う。この男と離れたら、自分はもう生きていけないだろう、と。

「ンンッ……ん、ぅっ」

唾液が注がれ嚥下すると、舌を搦め捕られた。こうして触れ合っていると、身体が悦びに支配されていく。

口づけも性交も、人を好きになるという感情も、教えてくれたのはこの男だ。他人の入り込む隙間がないほどに、千緒里の心身は貴仁に染められていた。

「貴仁さん……わたしに触れても、平気なんですか……?」

彼と触れ合えるのは嬉しいが、天女の末裔である自分がいれば、いやが応でも本能が呼び覚まされてしまうだろう。懸念した千緒里が息継ぎの間に問うと、貴仁は「問題ない」と言い切った。

「抑制剤を飲んでいるから、本能に呑み込まれることはない。……異形化が進めば、その限りではないがな」

人ならざる姿へ変化すると、見た目だけではなく思考も記憶も執着も失われる。その代わりに、目に映るすべての者が攻撃対象となる。女子どもにも容赦せず、その牙で、拳で、殺戮《さつりく》の限りを尽くすのだ。だから檻に入れて隔離するのだと、貴仁は語る。

「そうなる前に、おまえを遠ざけたかった。鬼王の呪縛から解放し、自由に生きて欲しかった。だが、おまえはそれを望んでいないんだな」

「……はい。貴仁さんが、わたしがそばにいることで苦しむのはつらいのに……それでも、一緒にいたいと思うんです。もう二度と抱いてもらえなくても、触れてもらえなくても、あなたといられればそれでいいんです」

好きな男のそばにいたい。ふたりが〝ふつうの〟人間であれば、たやすく叶っただろう願いは、特異な始祖を持つ身では困難が付きまとう。それでも意思を貫き通すのは、夫への恋情に狂っているのかもしれない。

しかし、これほど強い想いを抱いたことは生まれて初めてだ。そんな千緒里にとって、自身の感情をセーブするのは難しい。

「あなたが好きです……だからもう、離れたくありません」

千緒里は、彼の心に届けるべく気持ちを捧げる。始祖の天女やほかの末裔は、鬼王の当主を憎んでいたかもしれないし、人生を狂わされたと嘆いていたかもしれない。

けれど、千緒里は違う。夫である貴仁を、心から想っている。

「もう離さない。この身が人でなくなるまで、俺はおまえのものだ」

「あ……っ」

肩を押されてベッドに倒れ込むと、貴仁が伸し掛かってくる。驚いた千緒里は、とっさに彼の胸を押し返した。

「駄目……です。貴仁さんは、体調がよくないってさっき言っていたのに」

「おまえが俺に火をつけたんだろう。気づいているか？　おまえは、〝抱いてもらえなくても〟と言ったんだ。逆に言えば、俺に抱かれたいと言っている。そんなことを言われて止まることができるか」

貴仁は千緒里の服をはだけさせ、肌に唇を寄せた。ブラを押し上げ、まろび出たふくらみを両手で包み込む。

乳房をまさぐる手つきはこれ以上ないほどやさしかった。肌を撫でる熱い吐息に煽られて、胎の中がじわりと疼き始める。

「んっ……や、ぁ……っ」

乳頭をころころと指で転がされ、甘ったるい声で拒絶するも、それは貴仁を押し留めるものではなかった。千緒里が刺激を逃がそうと身を捩ると、両手を頭上で纏められてしまう。

「俺が正気を保っていられるうちに、おまえを隅々まで味わわせろ」

「あっ、あん……ッ」

貴仁の舌が左胸に這い、咲き誇る『天女花』をねっとりと舐め上げた。そうかと思えば、花の周りの皮膚を吸引し、赤い痣を散らしていく。

それは、『天女花』が花弁を散らしているかのようだった。左胸に咲く花よりも濃い花弁を彼に残されることが、千緒里は嬉しかった。この花が枯れてしまえば、ただの女になれる気がしたから。始祖の遺恨は現在を生きる自分たちには関係がない。天女の末裔である証の花は、今の千緒里に必要のないものだから。

「貴仁、さ……んっ、は、ぁっ」

千緒里の肌に赤い花を残した貴仁は、乳首を口に含んだ。思わず腰を撥ね上げると、彼の手がスカートの中に入ってくる。ショーツのクロッチを軽く押され、びくんと総身を震わせた。なぜならそこは、すでに欲情の蜜を含んでいたからだ。

――好き……貴仁さんがいれば、もうほかに何も望まない。

だからどうか、自分から彼を奪わないで欲しい。千緒里は快感に悶える中でそう願い、貴仁の背にそっと触れる。

「っ……」

「痛み、ますか……？」

息を詰めて顔を上げた貴仁に問うと、彼が首を横に振る。

「痛みはあるが、それよりもおまえを抱きたい欲が上回っているから平気だ。だが、できれば触れられたくないし見られたくはない。地下室で見せたときよりも、だいぶひどい有様になっている。自分でも醜いと思う呪いに蝕まれた身体だ」

「……わたしは、あなたを醜いと思いません。たとえどんな姿でも、貴仁さんであることに変わりはありません。だから……あなたのすべてが見たい、です」

千緒里の言葉を聞いた貴仁は、虚を衝かれたような顔をした。そして次の瞬間、整い過ぎた相貌に苦笑めいた笑みを刻む。

「言われてみれば、おまえと裸で抱き合ったことは少なかったな」

貴仁は起き上がると、シャツのボタンを外した。はだけた胸もとから覗く鎖骨の色気に見惚れていると、「おまえも脱げ」と促される。

「俺だけを脱がせるつもりか？」

口角を上げて揶揄された千緒里は、弾かれたように身体を起こし、彼に背中を向けた。今の彼は、ひどくやさしい。それが千緒里には少し切ない。最後に、妻の望みを叶えようとしているように見えるからだ。

——そんなつもりではないと思いたい。

ブラウスとスカートを脱ぎ下着姿になると、ちらりと背後を見遣る。彼はすでにすべてを脱ぎ去り、千緒里に視線を注いでいた。

「女が服を脱ぐ姿も存外そそられるものだな」

笑みを含んだ声音で言い、貴仁は千緒里を背中から抱き込んだ。髪を避け、うなじに舌を這わせた男は、慣れた手つきでブラのホックを外した。ベッドの下にそれを抛り、豊乳を両手で鷲づかみにすると、吐息混じりに囁きを落とす。

「おまえにはずいぶん無体な真似をしてきた。悪かった」

「や……ぁっ、謝らないで、くださ……ンッ」

「言わせろ。俺は、おまえを娶る前に命が尽きれば苦しまずに済んだと思うような自分本位な男だ。そんな男に、おまえは夫婦として在りたいと必死で努めてくれていた。……感謝しているんだ」

貴仁の謝罪に、千緒里は子どものように首を左右に振る。これが最後の睦み合いだというような物言いを、認めるわけにはいかない。それは、呪いを解くことを諦めてしまうのと同義だからだ。

そう訴えたいのに、快楽を覚えた身体に意識が引き摺られる。ふくらみを捏ね回し、乳首を指で揺さぶられると、舌がもつれて上手く言葉にならない。それでも、首だけを振り向かせて訴えようとしたとき、彼の黒瞳とかち合った。

――あ……。

息を呑むほどの美貌を情炎に染めた彼は、ぞくりとするくらい艶があった。悲壮感はなく、ただ目の前の妻を強く求めている。その証拠に、先ほどから恐ろしいほど硬い男のものが腰に押し付けられて、千緒里は羞恥で全身が火照っていた。

「抱かせろ……千緒里。俺が俺でいられるうちに、おまえを感じたい」

低く囁かれ、はしたなくひくついた蜜口から愛蜜が零れ落ちる。湿り気を帯びたショーツを隠そうと膝を擦り合わせると、それを阻むように手を差し入れられた。クロッチに指を這わせた貴仁は、「隠すな」と告げて布を避ける。

ショーツを脇に避けられたことで、留めるものがなくなった淫孔から蜜が滴った。

「おまえも俺に抱かれたがっているんだ。よけいなことを考えずにただ感じていろ」

「んっ……」

ぬちっ、と粘着質な音を立て、男の指が花弁を割り開いた。とろみのある粘液を割れ目に塗りたくるように上下に動かされ、千緒里はたまらず彼に背を預ける。

「あ、あぁっ」

「倒れる前、おまえに言ったことを覚えているか？」

花弁の奥に埋もれた淫芽を探っていた貴仁が、そこを指の腹で転がしながら問いかけてくる。しかし千緒里は下肢に意識が集中し、彼に答えることができない。

「おまえを愛していると俺は言ったが、あれは嘘じゃない。人であるうちに、どうしてもおまえに伝えておきたかった」

貴仁は、千緒里の返答を求めていないようだった。淫らな行為をしている傍らで独白する声は甘く、ただひたすらに愛を伝えてくる。一番感じる部分を弄られながら、千緒里は総身を微動させ、呂律の回らない舌で彼に言う。

「あんっ、あ……わ、たし……も……っ、ぅん！」

「知っている。おまえの一途さが、俺の心を温めてくれた」

円を描くように花芽を揺すっていた男は、今度は二本の指で扱き始めた。露出させた淫芯に蜜を纏わせ擦られて、千緒里は体内に電気が走ったような衝撃を味わった。意図せず腰を弾ませると、男の手が乳房に食い込む。

「やっ……両方、は……ぁあっ！」

花芽を擦りながら乳頭を抓られ、胎内が強烈に疼く。蜜孔は彼の動きに合わせて呼吸するように痙攣し、いやらしい涎を垂れ流していた。

「こういうときは、〝いい〟と言うんだ。そうすれば俺ももっとおまえを感じさせることができる。……言ってみろ、千緒里。俺の名を呼んで善がり狂え」

「あ、ぁああ……！」

肉粒を弄っていた指を蜜口に挿入され、千緒里は嬌声を上げて彼の腕を摑む。肉襞が男の指を食い締め、胎の奥が切なく疼く。腰に当たっている雄槍の脈動すら快楽となり、左右に首を振って身悶えた。

蜜襞が貴仁の指に絡みつき、もっと欲しいというように奥へと誘う。己の浅ましい身体の反応を恥じ入る一方で、千緒里は彼に与えられる悦びに従順な僕と化していく。

「〝いい〟か？　そうならそうと、言葉に出せ。俺は、おまえの声が聞きたい」

「は、ぁっ……ンッ、いい……です……貴仁さ……好すぎて……わたし……ぁあっ」

彼の求めに応じて素直に告げると、褒美だと言わんばかりに蜜肉を擦られた。指でぐりぐりと抉られて、淫口が窄まる。狭い肉洞をぐちゅぐちゅと音を立てて攪拌され、意識が弾け飛びそうなほどの愉悦に塗れていた。

「貴仁さ……いいっ……ンッ、く……もう、だめ……ぇっ」

迫りくる絶頂感を訴える声は、はしたないほど媚を含んでいる。しかし、千緒里の理性はすでに取り払われ、淫悦に忠実なただの女になっている。身体も心も貴仁に支配されることを悦び、貪欲に雄を欲していた。

「普段は清楚なおまえが、淫らに善がっているところを見ると気分が高揚する。おまえだけだ、俺をこれほど昂らせるのは」

貴仁は突如指を引き抜くと、千緒里をうつ伏せにした。尻を突き出させたかと思うと、膨張しきって反り返る雄芯を割れ目にあてがう。

あまりの熱量と雄々しさを感じ、無意識に腰が引きかける。けれども彼はそれを許さずに、両手で腰を掴んだ。

「もう何度も俺を受け入れておきながら、今さら逃げるな」

甘やかに囁いた貴仁は、ぬかるんだ淫口へ自身を突き入れた。

「や、あ、ぁあぁ……！」

その瞬間、千緒里の視界は明滅し、媚肉がわななないた。彼の指戯で高められた身体は呆気なく達し、骨から崩れ落ちそうな悦に襲われた。挿入されたばかりの肉槍を深く咥え込み、男の形に拡がった蜜窟が歓喜している。

「おまえは本当にいい反応をする。何度抱いても飽きない」

「は、ぁっ、ん！　あっ、ぅっ」

雁首で媚肉を引っ掻かれ、意識が溶けそうになる。労わるように抱かれていることで、感じ過ぎているのだ。ただでさえ彼に抱かれると絶え間ない愉悦の波に呑み込まれてしまうのに、やさしい言葉をかけられて身体を慈しまれればひとたまりもない。

その夜。ふたりは獣のように何度もまぐわった。千緒里はひたすら喘ぎまくり、幾度となく絶頂の大波に呑み込まれていた。


「う……ん」

千緒里は強烈な喉の渇きを覚えて目を覚ました。窓から注ぎ込んだ日差しに頬を撫でられて無意識にそちらを見れば、大窓の外は青空が広がっている。

見慣れない景色に一瞬目を瞬かせたが、鬼王家の別荘であることを思い出すと、我に返って身体を起こす。

「貴仁……さん？」

天蓋つきのベッドで眠っていたのは、千緒里ひとりだけだった。裸のまま寝かされていたため、急いで散らばっていた服を身に纏い、部屋から飛び出した。

「貴仁さん……！　どこですか……!?」

広い邸内は、静まり返っていた。嫌な予感が頭を掠め、慌てて階下へと足を向けた。そのとき、玄関の扉がゆっくりと開く。現れたのは、桧山だった。

「桧山さん……！　貴仁さんが……どこにもいないんです！　いったいどこに」

「貴仁様は、おひとりで屋敷に向かわれました。……自我を失わないうちに、自ら檻の中に入らねばならないとおっしゃって」

「な……」

桧山の説明を受けた千緒里は、衝撃を受けてその場に立ち尽くす。

――だから貴仁さんは、昨日やさしかったの……？

昨晩の彼は、何度も何度も愛を囁き、これ以上ないほど千緒里をやさしく抱いた。耳奥には彼の声が、肌には触れられた感触が色濃く残っている。

愛し、愛され、千緒里は幸福の極みに上り詰めた。だが、貴仁は違う。これが最後だと覚悟を決めて妻を抱いたのだ。

「どう、して……」

　彼の覚悟になぜ気づけなかったのかと、千緒里は激しく自己嫌悪する。その様子を痛ましげに見ていた桧山は、「事情が変わったのです」と首を振った。

「貴仁様は、千緒里様と『天女の羽衣』を屋敷で探すつもりだったと言っておられました。ですが今朝、異形化がさらに進み……半身の肌が変色してしまわれた。瞳も今は金色で、抑制剤を使用してももとに戻りませんでした。そんな姿を、千緒里様に見せたくないと」

「っ……」

　たとえそうであっても、ひとりで檻に入るなどさせてはいけない。愛する人を孤独にし、自分だけ安全な場所にいられるはずがなかった。

「桧山さん、すぐに屋敷へ連れて行ってください」

「……いいえ、できません。私は、千緒里様をこのまま逃がすように、貴仁様から最後のご命令を賜りました。異形化が進むと、あなた様の御身が危うくなるのです」

　当主が自我を失い異形となったとき、まず最初に襲われるのは伴侶――つまり、天女の末裔なのだという。完全に姿形が変わっても、人間だったころの執着がかすかに残っているのか、天女の末裔の命を奪おうとするそうだ。

「人間の姿でいるときには天女の身体を、異形になると命を欲するのだそうです。前当主がそうでした。むろん、葉子様に危害を加えられる前に生け捕りにしましたが……貴仁様は、歴代の鬼王当主の中でもずば抜けた異能を持つお方です。前当主のときのように、簡単に捕まえられるとも限りません」

　貴仁自身もわかっていたからこそ、自ら檻につながれる選択をした。桧山は痛みを堪えるように目を伏せ、持っていた茶封筒を差し出す。

「これは、貴仁様が千緒里様に残された財産です。所有されていた株や土地の権利、預貯金はすべてあなた様に譲渡すると……ご自分がいないあとも、つつがなく生活していけるようにとのご配慮です」

　そのほかにも彼は、鬼王のグループ企業の社長を退任していた。経営は親族に任せ、完全に隠居の態勢に入り、ひとりでひっそりと死を迎えるつもりのようだ。異形化は、すなわち社会的な死を意味する。しかし予兆はあれど、いつ訪れるかもわからないため、貴仁は来る日のために着々と死を迎える準備をしてきたのだ。

　前当主のときはまだ跡継ぎである貴仁がいた。けれども今回は、跡継ぎとなる者はおらず、和仁も経営に携わっていない。だから貴仁は、近く訪れる自我の崩壊も、後に残されたグループの経営も、そして……千緒里のことも、すべてをひとりで背負わなければならなかった。その重責たるやいかほどのものであったのか。考えると胸が痛くなる。

「……お願いします。屋敷へ戻ってください」

　彼の真意を理解したうえでなお、千緒里は桧山に頭を下げた。

そばにいることで危険が伴うとしても構わない。千緒里にとって貴仁は世界のすべてで、彼の行く先が仮に地獄であろうとも付いて行くことに迷いはない。

桧山は、しばし懊悩《おうのう》しているように目を瞑っていた。世話になっている彼を悩ませて申し訳ないと思うが、それでも譲れない。自分の中にこれほど情熱が秘められているなど、結婚前は想像すらしなかった。

「……かしこまりました。お屋敷へお連れいたしましょう。ただし、貴仁様の容貌は刻一刻と変化しております。今は自我を保っておられますが、いつ完全に異形となってしまうかわかりません。どうか、覚悟なさってください」

千緒里が神妙に頷くと、桧山は「車を準備してまいります」と言って外へ出た。

我が儘だと自分でも思う。貴仁の厚意を無にしていることも、桧山に迷惑をかけているのも申し訳ない。それでも、千緒里は心の内側から湧き出る衝動に動かされていた。

別荘から屋敷までは、ほんの一時間程度で着いた。朝は晴れていたはずが、屋敷に近づくにつれ暗雲が立ち込め、敷地内に入るころには激しい雨に見舞われていた。車から降りた千緒里が玄関に足を踏み入れると、中から出てきた使用人が焦ったように近づいてくる。

「千緒里様、桧山さん、なぜこちらに」

「貴仁さんはどちらにいらっしゃいますか？」

「お教えできません。当主より、何人も近づけるなときつく申し付けられております。それに今の当主は、もう以前のお姿ではございません……どうか、お逃げください」

使用人は、貴仁から千緒里を近づけるなと厳命されているようだった。

「わかりました。では、わたしは自分の判断で貴仁さんを捜します」

千緒里が、屋敷へ入ろうとした、そのときだった。

耳を劈く破裂音がその場に轟き、強烈な光が空から降ってきた。驚いて上空を見上げれば、稲光が黒雲を切り裂いている。

「これは、もしや……」

呆然と呟いたのは桧山だった。それと同時に、千緒里に向き直る。

「この雷は、貴仁様の引き起こしたものかもしれません」

「えっ……」

「貴仁様がお産まれになったときも、今と同じような雷雨だったのです」

彼が産まれたのは、真冬の寒い日の朝だったという。それまで晴れ渡っていた空はみるみるうちに暗雲で覆われ、屋敷の一帯にのみ豪雨が降り注いだ。まるでこの世に産まれたことを嘆くような雷雨の中で、貴仁が産声を上げた瞬間に庭に雷が落ちた。しかし不思議なことに、しばらくして貴仁が眠りに落ちるとぴたりと雷雨は去ったそうだ。

「その昔、当主は天候すら操るという異能を持っていたといいます。今の貴仁様は、異形化が進んで人ではなくなりつつある。赤子のときのように、理性がない状態で異能を振るっている可能性が高い……近づくのは危険かもしれません」

桧山の声も表情も、緊迫感が漂っている。千緒里が知らずと息を詰めたとき、空気を切り裂くような轟音が至近距離で聞こえた。びりびりと空気が振動し耳を塞ぐと、蔵に通じる竹林の方角から黒煙が上がったのが見える。

「千緒里様、お下がりください！」

鋭い声が耳朶を打ち、ハッとして振り返る。すると、降りしきる雨の中、黒い人影が千緒里を見据えていた。

「貴仁……さん……？」

信じられない想いで呟き、千緒里は黒い人影を凝視する。

服こそ昨日と同じだったが、容貌がまるで違った。金に輝く双眸は虚ろで、何者をも映していない。シャツから覗く首元は赤黒く爛れ、左手は人間の頭を軽く握り潰せそうなほど膨張している。その場にいるだけで見る者の足を竦ませる存在を前に、千緒里は呆然と佇むしかできなかった。

「ち、千緒里様、お逃げください！　あの方はもう貴仁様ではございません！」

桧山が大声で叫んだその瞬間、異形と化した貴仁は左手をぶん、と一振りする。刹那、老人の身体が屋敷の壁に激突した。

「ぎゃあっ！」

「桧山さん……っ」

急いで桧山に駆け寄った千緒里だが、ぐいっと背後から腕を引かれた。掴まれた手首から伝わる感触は、人の手のそれではない。触れているだけで火傷をしそうなほど異常な熱を持っている大きな手に囚われ、怖気が走る。本能的に危険を察知して鳥肌が立った。

――本当に、貴仁さんは完全に異形になってしまったの？

せり上がってくる恐怖を意思の力で抑え込み、ゆっくりと首だけを振り向かせると、金の瞳とかち合った。先ほど虚ろだった瞳は、千緒里に触れたことで感情を見せていた。まるで狩りをする獣のような鋭さと、雄特有の欲情が入り交じった奇妙な色気があった。

まだ、貴仁自身の自我は残っているのか。必死で目の前の金の瞳を見つめた千緒里だが、彼が自我を保っているかはわからなかった。

「貴仁、さん……」

祈るような気持ちで名を呼ぶと、男は乱暴に千緒里の服を引き裂いた。悲鳴を上げる間もなく胸を揉みしだかれ、耳朶に舌を這わせてくる。毛虫が肌を這いずる感覚がして、全身が総毛立つ。

「おまえは……俺だけの女、だ……」

囁かれた声は、いつもの貴仁の声ではなかった。

鬼王の歴代当主が本能で天女を求めるのなら、千緒里もまた本能で理解する。今、自分を拘束しているのは、愛する夫ではないのだと。

「嫌……っ！」

大声で拒絶し、渾身の力で彼の手を振り払う。だが、それがまずかった。

拒んだことが契機となり、貴仁の顔に怒りが滲む。美しく端整な顔立ちをしていた男が、今は額に筋を浮かせ、低い唸り声を上げている。ぎろりと千緒里に視線を据えるその様は、まさに鬼そのものだった。

「またしても俺を拒む、のか……」

金の瞳は、千緒里自身を見ていない。身体に流れる古の天女の血が、彼に天女の幻影を見せている。

人外の者と対峙し、理屈外の恐怖で身体の芯から震える。それだけではなく、貴仁の自我が永遠に失われたかもしれない絶望感で、千緒里は足に根が生えたかのようにその場から動けなくなってしまう。

ゆっくりと貴仁の手が伸びてくる。抗わないといけないと思うのに、千緒里は気力が失せていた。

――わたしは、何もできなかった。

貴仁の身を苛む呪いを解くことも、彼の意思を汲み取ってひとり逃れることもできなかった。何ひとつとして成し遂げられない無力な自分を悔いて、千緒里が涙を流したとき、

「ううっ、ぅっ」

突然動きを止めた貴仁が、その場に蹲った。膨張した左手を自身の右手で地面に押さえつける様は、わずかに残った自我で本能を抑えつけているかのようだ。

予想外の貴仁の行動に目を見開いたときである。

「千緒里様、お逃げください……っ」

苦しげな桧山の声が耳に届いた。老人は最後の力を振り絞り、貴仁を羽交い絞めにしている。

それを見た千緒里は、弾かれたように駆けだした。降り注ぐ雨でぬかるんだ土に足を取られそうになりながらも、全力で走る。

どこへ逃げればいいのか、あてがあるわけではなかった。ただ、桧山の言葉に従っただけに過ぎない。それでも、絶望に呑み込まれかけていた千緒里にとって、老人の献身は心を奮い立たせるものだった。

——諦めちゃ駄目。助けてくれた桧山さんのために……そして何よりも、自分自身と戦っている貴仁さんのために……！

先ほど千緒里に手を伸ばそうとしていたのを留めたのは、貴仁自身の意思だ。彼はまだ

完全に異形に変わったわけではなく、かすかに意識が残っている。だから、自分自身を留めたのだ。千緒里を、逃がすために。

無我夢中で走っていると、やがて書庫にたどり着いた。しかしそこは、指紋認証システムで施錠されており、当主しか立ち入ることができない。

——とにかく、どこかに隠れて時間を稼がないと。

今捕まっては、貴仁の呪いを解く機会が永遠に失われてしまう。桧山の話では、異形化した当主がまず狙うのは天女の末裔だ。もしも彼の手で千緒里の命が奪われることがあれば、貴仁は二度と自我を取り戻せないだろう。

完全に異形化していない今でさえ、歴代随一と言われる異能の片鱗を見せつけている。もしもあの力が暴走したとき、何が起こるのか……考えるだけでゾッとする。

書庫の壁伝いに歩きながら、隠れ場所を探していたとき、腹に響くような轟音と、バチバチと火花が散る音がした。

——また雷……どこかに落ちたんだ。

何かが焼け焦げた臭いが辺りに立ち込める。そのとき、今まで聞いたこともないような咆哮が空気を震わせた。

ハッとして振り返れば、貴仁が千緒里目がけて真っ直ぐに歩み寄ってくる。

「あ……」

身体が強張り、引き攣れた声を上げた千緒里だが、自分を奮い立たせて走り出す。しかし、行く手を阻むように、身体が不自然な突風に煽られ、コンクリート壁に肩からたたきつけられた。

「うっ……」

先ほど桧山を吹き飛ばしたのと同じ力だ。瞬間的に悟ったものの、わかったところで対応する術を持っていない。肩を強打して蹲ると、貴仁がすぐ目前にまで迫ってきた。

――どうすればいいの……!?

絶体絶命の中、身動きできずに壁に身体を寄りかからせた。すると、壁が横にスライドし、千緒里は中に吸い込まれてしまう。

「きゃああ!」

壁の中は一メートルほどのゆるい傾斜がついていて、身体がごろりと転がった。

視線を走らせ状況を確認すると、中は十畳ほどの広さがあった。長らく人が出入りしていないらしく、床は埃に塗れていたが、人感センサー式のライトが天井に付いているため、室内の様子はすぐに把握できた。スチールの棚に段ボールが積まれている。おそらく倉庫なのだろう。

――どうして、わざわざ隠すようにして倉庫を作ったんだろう……?

千緒里が中に入ることができたのは、まったくの偶然だ。取っ手すらない扉など、普通は気づかない。しかも、一度開いたはずの扉は、今は固く閉ざされていた。おそるおそる傾斜を上がり確認しても、隙間ひとつ見つからない。

――ここが、書庫の中にある倉庫なら……なんとかして、書庫の中に入れれば上手く逃げることができるかもしれない。

千緒里は、倉庫内のどこかに隠し扉がないかを調べ始めた。しかし注意深く壁に手をあてて目を凝らすも、ほかに扉は見つからなかった。

手詰まりになって傾斜の先にある壁を見上げた。すると、地響きがするような轟音が倉庫内に響く。コンクリート壁に、何かをたたきつけているのだ。衝撃でスチール棚の段ボール箱は床に落ち、埃が舞い散っている。

――この音は……。

扉を力任せにたたく音を聞き、千緒里は肩を震わせた。

おそらく貴仁が、変化した左手で壁ごと打ち壊そうとしているのだ。彼の左手にどれだけの力があるか定かではないが、少なくともコンクリート壁が少しずつ崩れているところを見ると、倉庫内も安全とは言えなかった。

――扉が壊されるのは時間の問題だ。

歯噛みした千緒里は、ずるずるとその場に座り込む。

先ほどは、貴仁に残された自我と桧山のおかげで、すんでのところで助かった。しかし今は、狂ったように壁をたたき続ける様子を窺うに、もう彼自身の意思は消え失せていると思ったほうがいい。

貴仁の呪いを解くことが叶わず、彼を救うことができなかった。天女の末裔だと言われても、所詮なんの力も持たないただの女だ。

己の不甲斐なさを嘆く間も、衝撃に耐えられず天井の壁が崩れていく。

――貴仁さん、ごめんなさい。

心の中で彼に謝罪をした千緒里は、ふ、と達観したように笑みを浮かべる。

夫を助けるために最後まで諦めたくない。けれど、彼の手で命を奪われるならしあわせだとも思う。貴仁が異形化したのち、自分の身を鬼王一族に好き勝手に扱われるくらいなら、このまま死んでしまったほうがいい。

もともと貴仁が完全に異形化したら、自分も生きていないと思っていた。彼のいない人生を生きる意味がないからだ。

生き延びることを諦めた千緒里は、足元に転がる古びた櫃を目に留めた。貴仁が建物に与えている衝撃で、スチール棚から落ちてきたのだ。

何気なく手に取って蓋を開くと、不思議な質感の布が入っていた。

「これ、は……」

じわりと目の奥が熱くなり、視界が滲み始める。胸が締め付けられ、どうしようもなく懐かしい気持ちで胸が切なくなった。困惑して眺めていたとき、わずかに布が発光する。

——えっ⁉

身体を覆うようにして、千緒里は光の衣に包まれた。それは、これまでの人生で記憶にない感覚だった。あたたかな日差しにくるまれているような安堵感と、空を浮遊しているような高揚感に満たされる。

——もしかして、これが……羽衣……？

光の衣で身体を覆われた千緒里は、意思とは関係のない涙で頬を濡らす。左胸の刻印が熱くなり、心臓が歓喜の鼓動で高鳴っていた。

だが、奇妙な感覚に浸っていられるのはわずかの間だった。

ひと際大きな衝撃音とともに、倉庫内にコンクリート片が飛び散った。壁を打ち破り佇むのは、貴仁の姿をした異形の〝鬼〟だ。

「天には還さぬ。おまえは……俺だけの女、だ……」

稲光を背に立つ男は、濁った声で言い放つと、ゆっくりと歩み寄ってくる。千緒里は櫃を胸に抱えると、涙に濡れる瞳で〝鬼〟を見据えた。

「わたしは、あなたを愛しています。ですから、天には還りません」

「嘘、だ……」

「嘘ではありません。わたしは、もうあなたしか愛せない」

ぴたりと、〝鬼〟の足が止まる。信じたいのに、信じられない。〝鬼〟はそんな複雑な声を出していた。けれど、明らかに動揺した様子で、金の瞳を頼りなく揺らしている。

千緒里は一歩彼に近づくと、「嘘ではありません」と毅然と告げた。

「あなたと、いつか産まれる子どもと……しあわせに暮らしたい。わたしの願いは、それだけです。……愛しています、貴仁さん」

心のうちを語りさらに近づいたとき、〝鬼〟は力が抜けたようにその場に膝をつく。頭を抱えて唸り声を上げるその様は、赤子が泣いているようでもあった。

〝鬼〟の傍らに膝を落とした千緒里は、櫃を床に置いた。蹲る男からは、先ほどのような恐怖を覚えない。目の前にいるのは〝鬼〟なのか、〝夫〟なのか、それとも、まったく別の〝何か〟なのか。判然としなかったが、そのすべてへ向けて千緒里は言う。

「愛しています、貴仁さん。あなただけを永遠に」

光を纏った手で抱きしめ、偽りのない愛を捧げる。〝鬼〟の身体も千緒里と同じように不思議な光の衣に包まれていき、やがて眩いばかりの光量が周囲を包み込んでいく。

目を開けていられなくなって瞼を閉じたが、それでも、互いの身体のぬくもりだけは確かに感じる。決して離すまいと、彼を抱きしめる腕に力をこめた、そのときである。

瞼の裏に、見たこともない光景が浮かび上がった。

木造の小さな小屋の中、大きな体軀をした若い男が、こと切れた女を前に涙を流してい

た。男はたくさんの天女花を女の亡骸に散らし、静かに呟く。

『俺は、おまえを愛している。どれだけ恨まれようと構わん。何度生まれ変わろうとも、おまえを探し出し妻に望む』

今生では叶わなかったが、いつか妻に赦され愛を得たい——。

男の切実な願いが、千緒里の脳に流れ込む。しかしそれは、膨大な光によって記憶の彼方へと消え失せてしまう。視界が白く染まり、上下左右の感覚すら失っていき、光の海に意識が溶けかけた。すると。

——ああ、ようやく終われる。

脳内に直接注ぎ込まれるように、鈴の音を思わせる声が響いた。時を同じくして、眩暈がしそうなほどの多幸感に全身が包まれる。

しばらく時を忘れてその感覚に浸っていると、どれくらい経ったのか……低く艶のある声が耳朶を打った。

「——……緒里。……千緒里」

名を呼ばれて瞼を開けた千緒里は、目に映る光景が信じられずに呆然とする。

「貴仁、さん……？」

瞼を開けた先に見えたのは、美しい黒瞳だった。首元までせり上がっていた皮膚の爛れは嘘のように消え失せている。まるで、屋敷に戻ってから見た姿が夢か幻だったかのように、彼はその美貌を笑みで染めた。

「もう、大丈夫だ」

「え……」

「見てみろ」

貴仁は、左手で千緒里の頬に触れた。赤黒く爛れて膨張し、人外の力を放っていた〝鬼〟の左手は、完全に人のそれに戻っている。

「これまでずっと感じていた身体の痛みもない。――呪いが、解けたんだ」

「あ……」

彼の言葉を聞いた瞬間、千緒里は滂沱の涙を流す。

「本当、ですか……？　本当に、貴仁さんは、もう……？」

「ああ。――おまえのおかげだ、千緒里」

貴仁は微笑むと、頬に伝う涙を拭ってくれた。まだ現実感が伴わず、千緒里は彼の胸に飛び込んでしがみつく。彼はそれを受け止め、落ち着くまで背中を撫でてくれた。

――本当に、呪いが解けたんだ。

やっと実感が湧いてきて、顔を上げたとき、

「貴仁様、千緒里様……！」

桧山の声が聞こえてそちらに目を向けると、瓦礫に足を取られながらもこちらへ向かっ

てくる老人の背後には、つい先刻までの雷雨が嘘のように青空が広がっていた。

皆が無事だったことに安堵した千緒里は、緊張の糸がふつりと途切れ——貴仁の腕の中で意識を失った。


「——っ、う」

瞼を開けると、見慣れた天井が視界に広がった。屋敷の寝室だ。いつの間にか寝巻きに着替え、布団の上で寝かされている。

千緒里はまだ夢とうつつの狭間にいるような感覚で、ぐるりと辺りを見回した。開け放たれた障子の外は夜の帳《とばり》に包まれ、月が煌々と闇夜に輝いている。

「気がついたか」

ぼんやり外を眺めていると、寝巻き姿で貴仁が部屋に入ってきた。彼の姿を見て弾かれたように起き上がると、貴仁は「焦らなくていい」と、千緒里の頭をやさしく撫でた。

「肩は痛まないか？　医師の見立てでは骨折はしていないということだが」

「わたしは……大丈夫です。それよりも、貴仁さんは」

「大丈夫だ。背中に出ていた異形化の予兆もすべて消えている」

貴仁は袖から両腕を引き抜くと、上半身をあらわにさせた。そして、千緒里に見えるように背中を向ける。

　彼の言うように、背中を覆っていた爛れはすべて消えていた。引き締まっている身体は、見惚れてしまうほど美しい。男性特有の色気を放っている。

「本当に、呪いは解けたのですね……やはり、羽衣の力でしょうか」

「羽衣……？」

　不思議そうに振り返った貴仁に、倉庫の中で見つけた櫃について説明をした。けれども彼は、「櫃の中は空だった」と言って、千緒里の頬に触れる。

「異形化していたときの記憶が、おぼろげに残っている。……あの奇妙な光は、羽衣が発していたものだったのか」

「はい。櫃の蓋を開いたら、布が光って……光の衣に包まれたんです」

　そのときの不思議な感覚は、言葉にしがたいものだった。自分が自分でなくなり、空気の中に溶けるような心地だった。

「……呪いが解けたのは羽衣の力によるものなのか、それとも天女の末裔であるおまえが羽衣を手にしたからなのかは、確かめようがない。だが、これだけは断言できる。俺を救ったのは、間違いなくおまえだ」

「わたし、は……何も」

「天女の血を色濃く継いでいるおまえが、俺を心から愛してくれた。おまえの存在が、呪いを撥ねつける力になったことだけは確かだ」

　異形化が進み、千緒里を手にかけようとしたとき、貴仁はその意思で暴走する身体を止めた。本能に呑み込まれそうになりながらも意識が完全に消滅しなかったのは、妻への愛であり、解呪に至ったのは千緒里の愛だと彼は語る。

「おまえが倉庫で『愛している』と言ったとき、俺は……おまえと生きていきたいと強く思った。異形化が始まり、心のどこかで生きることを諦めていたが、おまえの言葉で奮い立つことができたんだ」

「貴仁さん……」

「愛している、千緒里。俺も、おまえしか愛せない。この命尽きるまで、おまえに愛を捧げよう」

　覆いかぶさってきた貴仁は、そっと口づけを落とした。閉じていた唇を舌で割り入り、口腔に侵入する。

　ふたたびこうして触れ合えることは、奇跡のようだ。千緒里が喜びの涙を流しながら貴仁の腕に身を委ねると、深く舌が突き入れられた。

「んんっ、ふ……」

　舌を擦り合わせられ唾液を攪拌されると、官能が呼び覚まされる。触れている熱を確かめるように彼の肩にしがみつくと、ぐっと抱きしめられた。引き締まった胸の感触を直に感じ、胎内が潤み始める。

「は、ぁっ……」

「キスだけで蕩けそうだな。……俺も、おまえのことは言えないが」

息継ぎの間に囁きながら、彼が下半身を押し付けてくる。脈打つ熱塊を布越しにも感じ、千緒里は思わず腰をくねらせてしまう。

「腰が動いているぞ。いつからこれほど淫らになった」

「す、すみませ……」

「謝罪はいらない。おまえが俺を欲しがる姿を見るのは、俺も嬉しい」

貴仁は舌先で千緒里の唇を舐め、背中を撫でてくる。

もうなんの憂いもなく、ふたりで抱き合える。それが嬉しくて、いつもよりもずっと強く彼を求めてしまう。

「欲しい……です。貴仁さんに、いっぱい愛されたい」

千緒里が本心を告げると、貴仁が息を呑んだ。喉仏が上下したかと思うと、荒々しく組み敷かれる。見下ろしてくる男の顔は、自分の女を求める雄の艶があった。

「もう本能に煩わされることなくおまえを抱ける。だから、おまえの望みを言え。すべて俺が叶えてやる」

言いながら千緒里の合わせを開いた貴仁は、信じられないというように目を瞠った。

「……『天女花』が消えている」

「え……?」

「これまでに、天女の刻印が消えたという事例はない。……やはり、おまえは特別な存在だったんだな」

『天女花』を開花させた花嫁は、鬼王家にとって吉祥の証。何百年に一度現れる希少な存在だ。始祖の怨念を浄化させ解呪に至ったのは、その身に花を開かせた千緒里が、現当主である貴仁を愛し、羽衣の在り処を突き止めたからだと彼は語る。

「これも、推測に過ぎないことだが……『天女花』が消えたのは、天女が鬼王への恨みを解いたからなのかもしれない」

「たぶん、そうなんだと思います。わたし……倉庫で、誰かの声が頭に響いたんです。『ようやく終われる』って」

彼とともに羽衣の光に包まれていたとき頭に響いた声は、天女のものだったのではないか。長きにわたり鬼王を恨んでいた天女は、おそらくあのとき憎しみから解放されたのだ。真実は誰にも解明できないし、勝手な解釈かもしれない。だが、『天女花』が開花したのは、天女が解呪を望んだからなのだと、そう信じたいと千緒里は思う。

「もう、本能に怯えずおまえを抱けるんだな」

帯を解き、自身の寝巻きを脱ぎ捨てた貴仁は、千緒里の乳房を両手で包み、乳頭を舌で転がした。その途端に甘い疼きに支配され、腰が撥ねる。

「あっ、んっ」

彼の赤い舌がいやらしく乳首を舐め回す様は、ひどく卑猥だった。恥ずかしくて目を閉じると、たっぷりと唾液を纏わせて乳頭を刺激され、ずくずくと下肢が疼く。視界を遮ったことで感覚が鋭敏になり、彼の呼気や髪が肌を撫でる感触にさえ恥部を潤ませていた。

貴仁は胸の頂きをしゃぶりながら、千緒里の帯を解いた。すべやかな肌を愉しむように身体を撫でていき、ショーツの中に手を差し入れる。すでに恥毛まで濡れていた割れ目に指を添わせると、ふと顔を上げた。

「目を開けろ、千緒里。おまえを抱いている男の顔をしっかり見ていろ」

貴仁に命じられて瞼を開ければ、漆黒の瞳に見下ろされていた。愛しさを滲ませ、静かに微笑む彼を見ると、胸が締め付けられるような多幸を感じた。

千緒里が頬を緩めると、貴仁が秘裂の中に指を沈めた。ぬちゅっ、と音を響かせながら花弁を散らされ、肌が粟立つ。気持ちが好すぎて頭の中が白く塗りつぶされてしまう。無意識に腰を揺らせば、恥部から指を外した彼に両足を持ち上げられた。

「邪魔だ。脱がせるぞ」

「あっ……」

素早くショーツを引き抜かれ、愛蜜が太ももを流れ落ちる。羞恥で肌が熱くなったとき、彼は千緒里の足を大きく開かせ、淫らな滴に塗れた足の付け根に唇を寄せた。淫液を舐め取られて腰を揺らすと、指で割れ目を押し拡げられた。

「や、ぁっ……んんっ」

彼の呼気が濡れた花弁に吹きかかり、甘い声が漏れる。貴仁は恥蜜を啜りながら、赤く充血した快楽の肉粒を指で弾いた。刹那、千緒里の視界に閃光が走る。

「ぁあああ！」

快感の要というべき淫芯を擦られたことで、蜜孔から大量の愛汁が吹き零れる。目の前の景色が揺らぐほど強烈な愉悦に、シーツに髪が散らばるほど強く左右に首を振る。拒んでいるわけではなく、感じすぎてつらいのだ。

――わたし、どうして今日はこんなに……。

自分の身体が堪えがたい疼きに支配され、千緒里は戸惑う。その間にも貴仁の愛撫は続き、剝き出しにした花芽を口に含んだ。

「ひっ、んぁあ……っ、だ、め……ぇっ」

生温かい口腔で愉悦の塊をころころと舐められ、腰が蕩けそうになる。全身が総毛立ち、意識を保っていられなくなりそうだ。

「貴仁さ……もう、欲し……っ」

千緒里はたまらずに、普段では決して口にできない台詞を吐いていた。もう、貴仁が呪いで命を落とす心配もなく抱き合える。それは、予想するよりも遥かに大きな喜びだった。早くつながり悦びを分かち合いたい一心で彼にねだれば、顔を上げた貴仁が薄く笑う。

「そうやって、いつも俺だけを求めていればいい。俺の身体も心もおまえのものだ」

下着まですべて脱いだ男の中心には、臍まで反り返る欲望の塊があった。先端から滴る淫液と愛蜜を塗すように女筋を行き来されて、期待感が高まる。ぞくぞくして身じろぎすれば、雄槍のくびれで花芽を引っ掻かれて腰が揺れる。

「千緒里、おまえを生涯愛することを誓う。この命に懸けて」

「あ、あ……ぁああ……ッ」

熱杭が蜜口に突き入れられ、千緒里は顎を反らせた。淫孔を満たしていた愛液がぐちゅっと卑猥な音を鳴らして押し出される。狭隘な蜜路が雄芯の形に馴染んでいき、生々しい淫悦を体内に刻まれる。

「っ、は……挿れただけで意識が持っていかれそうだ。『天女の末裔』だからではなく、おまえを抱いているからこれほど好いんだな」

貴仁は掠れた声で告げると、千緒里の乳房へ手を伸ばす。豊かなふくらみに指を食い込ませ、やわやわと揉みしだく。汗ばんだ肌が彼の手のひらに擦れ、乳頭から痺れてくる。

「んっ、ぁっ、や……ああっ」

双丘に刺激を受けたことで、蜜孔が窄まった。脈打つ雄茎に媚肉が絡まり、精をねだって圧搾する。すると貴仁は、突如激しく腰を揺さぶってきた。

ずんっ、と重苦しい衝撃を最奥で感じ、千緒里は全身が発熱したように熱くなる。おびただしい悦から逃げられず、ひたすら彼のなすがままになってしまう。

「い、い……貴仁さ……好い、の……っぅん！」

「俺もだ。おまえを抱いていると、生きているんだと実感できる」

雁首で蜜肉を抉られながら、乳首を捻られる。得も言われぬ愉悦の波が理性を遠ざけ、ひたすら千緒里は喘いだ。

先ほど彼が言ったように、抱き合っていると生を実感できる。無意識に彼の腰に足を絡めて欲塊を呼び込めば、貴仁が強く腰を打ち付けてくる。

――もう、何も考えられない。

打擲音とともに、結合部から聞こえる淫音が耳をつく。奥処を穿たれるたび喜悦が高まり、脳髄まで甘い痺れに冒された。

「貴仁さ、んっ、あ……っ、愛して、ます……っ」

何度告げても言い足りない想いを舌にのせると、貴仁が応えるように抽挿を速める。下生えで淫蕾が摩擦され、新たな淫楽を連れてくる。意図せず蜜窟が窄まれば、張り出した肉傘で媚壁を擦られて、腹の底に灼熱が放り込まれた感覚になった。

とてつもない快楽と、貴仁への愛しさで全身が染められる。ずっしりとした重みのある彼自身をもっと深くに感じたくて、千緒里は両腕を持ち上げて彼に乞う。

「た、か……ひと、さんっ、ぎゅって……」

もつれた舌で抱擁を乞うと、貴仁は腰の動きを止めた。つながりを解かぬまま千緒里の腕を引いて身体を起き上がらせ、座位の体勢にさせる。

「これならいいか？」

「ン、んんっ！」

体位が変わったことによって、奥底まで熱塊を招き入れることになった。挿入が深まり、突き当たりをぐりっと抉られる。千緒里は彼の背にしがみつき、思わず爪を立てる。汗ばむ肌が密着し、彼の呼吸が耳を撫でる。わずかな刺激すら敏感に拾い上げ、すべてが淫熱に変換されていく。

「はぁっ、んっ……気持ち、い……んぁっ」

「これからもっと好くしてやる。もうおまえを離さない」

貴仁に腰を抱き込まれ、下から突き上げられた。彼が動くと豊乳の頂きが肌に擦れ、じくじくと疼いてくる。楔で蜜肉を掘削された千緒里は、背をしならせて快楽に耐えた。まるで、全身が剝き出しの神経のように、何をされても感じている。

「もう、これ以上、は……あぅっ……ンンッ」

背中で揺れる髪が、肌を落ちる汗が、行為の激しさを物語る。ふたりはまるで獣のように絡み合い、互いに没頭していく。

「千緒里……顔を見せろ」

耳もとで甘く囁かれて従うと、唇を塞がれた。口腔をぐちゃぐちゃに舌でかき混ぜられて、息ができないほど苦しい。それなのに、もっと欲しくなる。感覚のすべてを彼に支配され、このまま溶けてしまいたいとすら思う。

「んぅっ、ンンッ……ふ、ぅっ……！」

互いの舌を行き来させていると、胎内に埋め込まれた欲塊が硬度を増した。子宮口に捩じ込まれた先端でごりごりと突かれ、快楽の極みが見えてくる。ぞくぞくとせり上がる絶頂感に抗えず、キスを解いた千緒里が艶声を上げた。

「ぁ、あっ、ンッ、ぁあ……――」

「っ、く……！」

快感の頂点に達した内壁が蠕動すると同時に、最奥に熱い飛沫が注がれる。貴仁も一緒に達したのだ。眉根を寄せて吐精する夫の壮絶な色気に感じ入った千緒里は、意図せずに逸物を締め上げていた。

彼を抱きしめて呼吸を整えていると、不意に身じろぎした貴仁がこめかみにキスをした。愛おしげに背中を撫でる男の手のひらのぬくもりに、人生で一番の幸せを覚える。

「一度じゃ足りない。もっとおまえを感じさせろ」

精を吐き出したばかりの雄槍は、早くも漲りを取り戻している。ゆるゆると腰を揺さぶられた千緒里は、愛する夫の誘惑に抗えず、ふたたび甘い声を漏らした。

# エピローグ

数カ月後。とある秋の日。千緒里は、貴仁と連れ立って義父の墓参りに来ていた。ようやく身辺が落ち着いたためである。

墓の前まで来ると、綺麗な花が飾られていた。それを見た千緒里は、義母だと直感する。

――今日は、月命日だから……きっとお義母様も足を運んだんだ。

となりにいる貴仁を見上げると、彼も何かを感じたのか、しばらく花を眺めていた。自分たちの持ってきた花を墓の脇に置き、墓に向かって告げた。

「……もう、鬼王家の呪いは解かれた。『天女花』を宿した娘を探させない。鬼王家は、天女の力に頼らずとも繁栄させてみせる」

亡き父の墓前で宣言する貴仁を、千緒里は心強く思う。

鬼王グループの社長の座を退いた貴仁だが、当主の座を退くわけにはいかなかった。鬼王家の当主には、『異能』に群がる権力者が後を絶たない。この国の影に君臨してきた一族の長は、自身が有する『異能』によって各界に強い影響力を持っている。

「解呪とともに、俺の『異能』も失われるかと思っていたが……力が残っているとはな」

「……それも、天女が残した贈り物かもしれませんね」

「おまえらしい物言いだな。……始祖と同じ愚を犯すなという戒めかもしれん」

自嘲気味に呟いた貴仁の腕に自分の腕を添えた千緒里は、微笑んで彼に寄り添った。

「貴仁さんとお義父様に、ご報告があります」

「なんだ？」

「来年、家族が増えることになりました」

千緒里の言葉に、貴仁は一瞬虚を衝かれたように無言になった。けれども時を置かずに、整った顔に幸福そうな笑みをのせると、両腕で千緒里を包み込む。

「家族、か……。跡継ぎを待望されていたときは煩わしかったが、自分の子が産まれるとなるとこれほど喜びを感じるとはな」

「わたしも嬉しいです」

彼に答えた千緒里は、新たに宿った命を想う。

この先、貴仁の異能が失われる日はくるのか。そして、次世代に受け継がれていくのか。それは誰にもわからない。わかるとすれば、神と呼ばれる存在のみだろう。

「……おまえには感謝している。まさか、自分に家族ができる日がくると思わなかった」

「これからは、もっと増えます。だから、悩んでいる暇はありませんよ」

「ああ、そうだな。おまえの言う通りだ」

――たとえこの先何があっても、貴仁さんと一緒なら大丈夫。

愛する夫とこれから産まれてくる子のために、これからは生きていく。千緒里は決意をこめて、貴仁の背中に自分の腕を回した。

# あとがき

オパール文庫創刊五周年おめでとうございます！

改めまして、御厨翠《みくりやすい》と申します。このたびは、拙著をお手に取ってくださりありがとうございます。周年記念の月に刊行となり大変光栄に存じます。

オパール文庫様では本作含め、この五年で八作品を刊行していただきました。中でも思い出深いのが、スピンオフ的な作品を書かせていただけたことです。『財界帝王の甘すぎる飼育愛』の流れを汲む『獰猛な渇愛　政界の若き支配者の狂おしい情熱』。『大富豪皇帝の極上寵愛』と同世界観の『大富豪の淫靡な命令　運命の花嫁は逃げられない』。そして、『極甘エロスなアンソロジー①年の差ラブ』では、『獰猛な渇愛』の後日譚を書かせていただき、『大富豪の淫靡な命令』のヒーローも登場させています。

個人的に、本編から派生したスピンオフやクロスオーバー作品が大好きなこともあり、既刊をご覧くださっている方の楽しみになればと考えて前出作品のプロットを提出したのですが、執筆の機会を頂戴し嬉しかったです。

毎回楽しくお仕事させていただき感謝の念に堪えません。書き手として、また一読者として、今後ますますのレーベルの発展を心よりお祈り申し上げます。

さて。本作は、初めてブラックオパールより刊行となりました。

裏話を少しすると、「和のテイストで、呪われたヒーローが書きたいです」というふわっとしたネタ出しから始まりまして、担当様にはプロット段階からかなりアドバイスをいただきました。ちなみに、作中に出てくる伝説は『千葉』に伝わるものをモチーフにしております。千葉県には『羽衣の松』や『羽衣公園』など縁の地も多くあり、千葉県民の私としては伝承を紐解く作業もとても楽しめました。

「変わり種（担当様談）」の本作ですが、根底にあるのは登場人物それぞれの愛の形です。ブラックオパールらしい淫靡でエロティックな作品になっていればいいな、と願っております。

イラストは南国《なんごく》ばなな先生に描いていただきました。オパール文庫で刊行された八作品中、四作品を先生にご担当いただいており、毎回幸運を噛みしめております。先生のイラストを拝見するたびにうっとりしておりますが、今回はカバーの構図案の段階から、強烈なエロスを感じて悶絶していました。カバーラフをいただいた際には、担当様に「生きててよかったです」とお伝えしたくらいです。ヒーローの眼力とヒロインの色気に身悶えつつ、世界観が凝縮されたカバーを舐め回すように眺めています。

南国先生、ご多忙のところお引き受けくださり、本当にありがとうございました！

そろそろ紙幅も尽きかけてまいりましたので、謝辞を述べさせていただきます。

毎度ご迷惑をおかけしているにもかかわらず、やさしいお言葉をかけてくださる担当様をはじめとする、本作に携わってくださった皆様。執筆のサポートをしてくれる家族、いつも励ましてくれる友人の住城《すみじょう》&お母様、お手紙やＳＮＳでご感想を寄せてくださる皆様に改めてお礼申し上げます。

そして、数多くある作品の中からこの本を読んでくださった皆様に、心より感謝いたします。本作が皆様のお好みに合う作品であったなら嬉しいです。

それでは、また、別作品でお会いできることを願いつつ。

平成最後の四月に　御厨　翠

末永く幸せにすごして
ほしい二人です。
南田ばなな

# *Illustration Gallery*

鬼王貴仁

鬼王千緒里

「諦めろ。おまえを
犯し尽くすまで、
俺の欲望は収まらない」
「俺の……
俺だけの妻だ」
「千緒里、おまえを
生涯愛することを誓う。
この命に懸けて」

Black Opal

# 淫《いん》獣《じゅう》の花《はな》嫁《よめ》

オパール文庫ブラックオパールをお買い上げいただき、
ありがとうございます。この作品を読んでのご意見·ご感想を
お待ちしております。


**ファンレターの宛先**
〒102-0072　東京都千代田区飯田橋3-3-1
プランタン出版　オパール文庫編集部気付
御厨 翠先生係／南国ばなな先生係


**オパール文庫&ティアラ文庫Webサイト『L'ecrin《レクラン》』**
**http://www.l-ecrin.jp/**


著　者――**御厨 翠**（みくりや すい）
挿　絵――**南国ばなな**（なんごく ばなな）
発　行――**プランタン出版**
発　売――**フランス書院**
〒102-0072　東京都千代田区飯田橋3-3-1
電話（営業）03-5226-5744
　　（編集）03-5226-5742
印　刷――誠宏印刷
製　本――若林製本工場

ISBN978-4-8296-8373-6 C0193

大富豪の淫靡な命令
運命の花嫁は逃げられない
御厨翠
Sui Mikuriya
Illustration
南国ばなな
一生閉じ込めてでも、
あなたを私の花嫁にします
「あなたは運命の女だ」大富豪の驪龍に命を救われた日茉里。
淫猥に嬲られるキスに甘く痺れ……。
規格外の男と空前絶後な蜜欲愛!

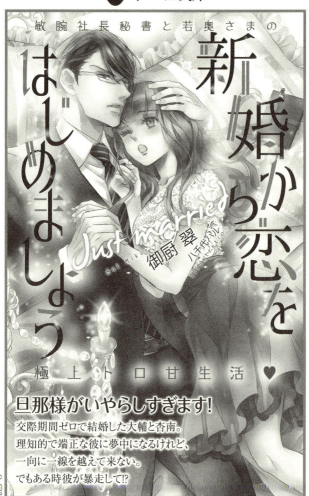

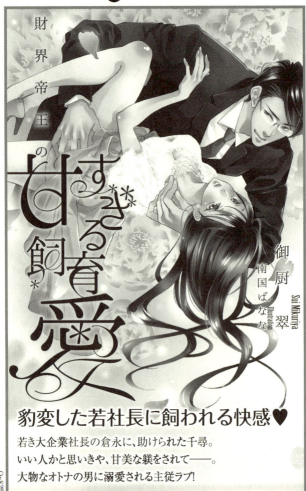